荒謬人生的可能解答

海倫・菲利浦斯——著
謝佩妏——譯

SOME POSSIBLE SOLUTIONS

HELEN PHILIPS

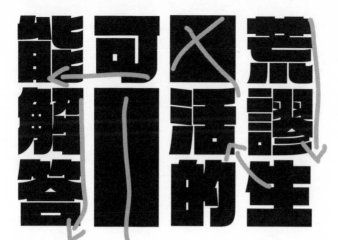

推薦序

幸福人生的可能缺憾

文學評論者　伍軒宏

在普遍幸福的已開發國家，作家如果沒有苦難可寫，就只能呈現快樂人生。或其中的小小缺憾。

從上世紀九〇年代開始，過去近三十年來，歐美國家享受長期繁榮與成長。除了愛滋病、零星恐攻，以及因為錢太多造成的金融危機之外，人們享受普遍的幸福，沉浸在消費的歡樂之中。如果說一定要挑出民眾的煩惱，那就是移民與全球化問題，而英國脫歐與川普當選，是部分民眾選擇解決此問題的途徑。即使如此，整體而言，已開發的歐美國家民眾，還是過著有史以來最美滿的生活。

然而，人們卻感覺「普遍幸福卻還是不夠的」。他們不知道自己可不可以這麼感覺？跟身陷苦難地區的人民相比，他們的日子已經超優，是不是求太多了？這時候，深有同感的學者提出理論，主張即使過著幸福的人生，你還是可以不快樂，而且幸福的人有權利不快樂。

海倫．菲利浦斯的短篇小說集《荒謬生活的可能解答》似乎意在解析當代歐美社會的普遍幸福，及其弔詭。故事裡的人物過著平穩、相對富足的日子。但是，這種「無與倫比的幸福感」也許太滿足了一點，總覺得哪裡有點怪怪的？或許有一天，幸福拼圖之中的某一小塊，會突然變色，或消失。

相似的幸福

托爾斯泰經典小說《安娜．卡列尼娜》著名首句曾說「幸福的家庭都是相似的，不幸的家庭各有各的不幸」。海倫．菲利浦斯把「幸福」放在顯微鏡下，探索幸福家庭如何「相似」，到了令人焦慮的地步。相似到可以互換？她的故事場景，讓人想起經典的美國中產階級郊區生活，但她的世界不是郊區，沒有草坪。我們看到幸福家庭的一致性、同質性，看到個體性的消失、獨特個人被日常抹平。作者在看來完全正常的家庭場景，放進異質或科幻元素，推擠出幸福生活的暗點：她用「分身」、「合體」等奇幻文學常見設定，探討身分互換的可能。如果大家都那麼幸福，那麼相似，日常生活周邊的人物（姊妹、鄰居），都有可能替代你，抹去你存在的理由。

完美的不足，大自然的失去

一幅一幅解構幸福的圖像之中，我們看到「完美的不足」，尤其是運用科技帶來的完美，尤其在性愛的問題上。過度依賴科技文明的幸福快感，超出肉體所能做到，而且表現持續一致，好則好矣，不過也有可能會戛然而止，跟所有機器一樣。要不然，就是刻意服侍，無法真正互動。海倫．菲利浦斯在這本小說集中，呈現一個「失去大自然」的城市生活，對於鄉間、草坪、青草，以及書本中提到的動植物，人們感到陌生，甚至害怕。那些，只出現在語言之中，大部分的人都沒有接觸過，越來越是如此。這種幾乎純粹以城市觀點建立的幸福，暗藏危機，因為生命的基本畫布底色，已經越來越隔離隱沒。

「我應該生在別的時代」

如果換一個角度，你可能會看到幸福人生的不同面貌，只需要借用一個異質點。這讓我想起作家殘雪的小說，也是透過日常生活中突然出現的異質點，翻出現實的另一面。「也許」自己的孩子是外星人，才會那麼不同。「如果」有能力透視人們的皮膚，看到別人的「血肉之軀」，你的世界將會改變。童話故事裡恩愛的國王與王后，在日復一日的重複裡，「或許」會做出什麼事，造成兩人中「有一個人會幸福，只是不知道是哪一個」。由於奇怪陌生女子在車站月台意外接觸，開口借用棉條，故事主角「過了心驚膽跳的六個月之後又開始來潮」，有了新的出路。

小說集中有一則故事中的故事，具有深意。裡面的人物說，如果生在別的時代，能夠腳踏實地，也許城市中尚未被體制化的年輕人就不會失去自己，好像憑空消失一樣。

目次

獻給　亞當

知之為不知

The Knowers

1.

有人想知道，也有人不想知道。我說自己屬於前一種人的時候，一開始泰姆會用他那種瞧不起人的方式取笑我（彈一下我的咪咪，或拿葡萄丟我的鼻子）。後來發現我是認真的，他就毛了，確定我是真心的時候，他整張臉垮下來，嚇得半死。

半夜，他淚眼汪汪地問：「為什麼？」

我說不上來，也沒有答案。

「你知道，這不光是你一個人的事，」他說，「這件事也會影響到我，說不定對我比對你的影響還要大。我不想要往後數十年都得坐在家裡，等著我一生最悲慘的一天到來。」

我有點感動，在黑暗中伸手去握握他的手，他也悶悶地按按我的手。我當然寧可跟他一樣！但當時我哪會曉得知道之後仍然甘於無知也是一種選項。但現在科技已經那麼先進，只要花少少錢，誰都可以查到日期。

泰姆站在門口，看著我扣上藍色羊毛外套。我記得這件外套是兩年前我們結婚四週年紀念日他送我的禮物。

「你要去哪我不想知道，」他說。

「好，」我說，認認真真地檢查皮包裡的鑰匙、眼藥水。「那我就不跟你說。」

「我不准你離開這間公寓，」他說。

「別這樣，親愛的，」我嘆道，「那樣不像你。」

他全身一震，從門口讓開，讓我過去，垂頭喪氣地靠著牆，抱著雙臂盯著我看。眼睛濕濕的，眼底無限黯然。算他厲害。

踏出門之後，我聽到門鎖扣上的聲音。

打開鎖踏進門時，泰姆問我：「所以……？」他站在走廊上，眼神比之前更黯淡，看上去比早上更垂頭喪氣。說他在我出門的這一百二十七分鐘之內都沒動過，我也會相信。

「就……」我大聲說。很震撼，我承認，但我拒絕把自己的震撼一股腦倒給他。

「你……？」他幾乎沒發出聲音，好像只有嘴唇在動。

我只對他點點頭。無論如何我都不會跟他提起那間米黃色牆壁、飄著一股尿臊味或讓人想起那個味道的公家機關。每次我都覺得不可思議，當我們的國家用越來越讓人眼花撩亂的新科技和新設備迎向未來的同時，古老的基礎建設也在我們的腳下生鏽腐爛，人行道、鐵路、學校和監理所無一例外。總之，不管今天或以後，泰姆都不會知道我今天去的地方，不會知道那台轟轟作響、長得像陽春型提款機的機器（他們就不能做得更好嗎？），不會知道我排在其他快知道的人後面等了四十五分鐘，最後終於在冰冷的金屬鍵盤上敲下我的身分證號碼。周圍氣氛凝重，我們這群人就像在同一艘船上共患難，那種感覺不言而喻。有這種感覺的人當然不只我一個。但當其他人離開機器，走出房間時，我都會盡可能避免去看他們的表情。是悲傷或是釋然，我都不想知道。無論如何我都要完成此行的目的。不知道當我低頭看著機器吐出那張紙，然後把紙摺起來，離開機器時，臉上是什麼表情？

泰姆伸出手，手指攤開，手掌在顫抖，但已經做好準備。

「好吧，拿給我，」他說，字句輕鬆，幾乎有點興奮，但我聽得出來這是他這輩子說過最艱難的五個字。我發誓以後再也不責備他不夠勇敢，同時也對自己做的決定感到滿意。從那間辦公室出來之後我直接走去運河，站在那裡對著底下綠綠髒髒的河水，低頭再瞄一眼那張紙之後就把它撕成小到不能再小的碎片（雖然它原本就只有一小張），丟向飄著工廠臭味的微風中。當時我認為這樣做是對的，現在又更加確信。不應該讓泰姆跟那張紙生活在同一片屋簷下。

「不在我身上，」我明快地說。

「什麼？」他倒抽一口氣，一顆心懸在欣喜和困惑之間。「你是指你改變心意……」

可憐的泰姆。

「我拿了，」我說，免得他越猜越離譜，「然後就把它丟了。」

他盯著我看，等著我給他一個解釋。

「我是說記住日期之後就丟了。」

我看著他整個人洩了氣。

「該死，」他說，「抱歉，但……真該死。」

「嗯，」我同情地說。「我……知道了。」

「你知道了！」他怒道，抓住我的話不放。「你知道了！你知道了！」

他舉起手亂揮亂打，整個人氣炸了，抓著我哭，最後半癱在我身上。我扶著他穿過走廊走向那張舊沙發。

終於平靜下來之後，他好像變了一個人，或許已經不再是過去的那個他。

「告訴我。」他平靜地提出要求，我只能勉強聽到他的聲音。

「你確定？」我的聲音聽起來太大聲、太冷酷。那一刻我覺得自己很討人厭，我對這件事的堅持也一樣討人厭。我突然覺得自己很可能犯了一個天大的錯誤。一個可能會毀了我下半輩子的天大錯誤。

泰姆點點頭，凝眸注視著我。

我害怕得要命。如此大膽求知的我，現在卻連個日期都說不出口。

泰姆又點點頭，強自鎮定，模樣可憐。告訴他是我的責任。

「四月十七日——」我開始說。

但我還沒說完，泰姆就大叫一聲「停！」，同時用手指堵住耳朵，前一秒的平靜瞬間消失無蹤。「算了！不要不要不要！」

「好！」我大聲喊，免得他堵住耳朵聽不見。獨自守著這個日期好孤單，非常非常孤單。二〇四三年四月十七日：刻在我腦袋裡的刺青。但這樣也是應該的。這是我的選擇。泰姆希望有免於知道的自由，我要成全他。

2.

這是一段還不錯的人生。雖然還沒享受夠（有夠的一天嗎？），但也足夠擁有一段人生、一份工作，足夠我養育兒女，甚至見到一兩個孫子孫女出世。雖然肯定是短了點，比平均壽命要短，真的太短了，但也還沒到悲慘的程度。

因此，很多方面我的生活也可以跟其他人一樣，比方泰姆。我可以開開心心過一天算一天，成天煩惱一些瑣碎小事，只看眼前，不想未來，時常忘記自己並非不死之軀。但是，如果問我有沒有哪一天完全把二〇四三年四月十七日這個日期拋在腦後，說有就是在騙人。

早些年，一到四月中我就會陷入憂鬱。在床上一躺就是兩天，不肯鑽出被窩，心像一個腫歪歪的大傷口，泰姆會送麥片和茶到床上來給我。但小孩出生之後我就沒時間這樣放縱自己，只好用更低調、更含蓄的方式來標記這一天。我會給自己買個小禮物，比方黑巧克力或水仙花。時間一久，我開始允許自己更奢華一點的享受：給自己買件新洋裝；下午到某家安靜的酒吧來杯香檳。那天我總覺得自己出手特別大方。我會給三成的小費，掏出五元鈔票給路上隨便一個流浪漢。不是都說**生不帶來，死不帶去**嗎？

泰姆很努力要把它忘掉，但四月十七日這個日期終究還是會重新浮上腦海。我從他看我的眼神就感覺得到，那種警覺，那種微微觸電的感覺，深情和怒火都在包覆在裡面。看到我捧著水仙進門，他會瞪著水仙說，「**哦，那個**。」

我會在高級餐廳訂位，或是計畫週末出遊，都是我們一整年都沒有過的奢侈享受。七月的生日反而被冷落在一旁。

泰姆會嘆口氣，自動去收拾過夜的行李。寒冷的初春，我們坐在山上民宿的陽台搖椅上喝咖啡。泰姆什麼事都依我，雖然那是他一年中最不喜歡的日子，但他還是會努力配合我。我們一起散步、吃冰。愚蠢的心靈ＯＫ繃。

不知道的人會覺得我的生活很一般，甚至很平淡，但我告訴你，對我來說很豐富，而且多采多姿。我知道表面上看來不過就是養育兩個小孩、一份坐辦公室的工作、一段漫長的婚姻，還有不多也不少的好事和壞事，但那都是許許多多甚至無止無盡的片刻串起來的——孩子小時候幫他們的頭髮抹肥皂；在滿地小鳥的星期五早晨從停車場走到辦公室；半夜聞到泰姆脖子後面的氣味。我能說什麼呢？不是我要傷春悲秋，但這些都不是無足輕重的小事。我們這一輩人不是有句老話：**悲傷在你身上刻得越深，你就能容納越多喜悅**。姑且不說那些人生的起起落落，不談死胎、車禍、疏離，和我弟弟的事，但我要說：我相信上面那句老話說的沒錯。

四月十七日。得知二〇四三年四月十七日這個日期之前，我已經度過三十一次四月十七日。每年日曆翻頁，就會跟自己的死期錯身而過，知道這樣的錯身已經重複過那麼多次，不覺得心驚膽跳嗎？所以稍微拿掉它的神祕感，真正知道是哪一天，不讓每一天都背負著可能就是自己死期的沉重負擔，不是能減少那種恐怖感嗎？

我不知道問題的答案。

二〇四三年四月十七日。因為知道，我的生命變得強大，也變得沉重。知道讓我後悔，也讓我深深感激。

我從來就不是會跑去高空彈跳或跳傘的人，但在很多小地方，我活得比其他人都要勇敢。比方泰姆。我知道何時要害怕死亡，這也表示我知道何時不必害怕死亡。傳染病大流行時我照樣上雜貨店。我到醫院當義工，冒著暴風雪開車，坐上搖搖欲墜到泰姆甚至不讓小孩坐的雲霄飛車。

但二〇四二年十二月三十一日對我來說是一個可怕的日子。

兒女都各自回家之後，泰姆問我：「你沒事吧？」我們邀全家人來家裡歲末聚餐，孩子和他們的另一半都來了，還有我兒子才六個月大的小寶寶，我們第一個孫子，跟新銅板一樣閃亮的小嬰兒。吃飯時，我們的女兒容光煥發，跟她紅著臉的丈夫向大家宣布，八月他們就要多添一個新成員。大夥兒開心歡呼、興奮尖叫之際，沒人發現我既沒歡呼也沒尖叫。只差四個月我就能見到那孩子。那種痛太過巨大，我一句話也說不出口，只能像隔著玻璃牆看著他們擊掌、開心擁抱。

「天啊，艾莉，」泰姆痛苦地說，在陰暗客廳的沙發上一屁股坐下。「天啊。」

「不是的，」我騙他，也坐到沙發上。「不是今年。」

泰姆深情地抱住我，鬆了一口氣，我覺得好殘酷，自己也難以承受。我站起來，心驚膽跳到站也站不穩，一跛一跛走向浴室。

「艾莉？」他說。「你跛腳了。」

「我的腳麻了，」我又騙他，手一拉，關上身後的門。

我站在浴室裡，彎身靠著洗臉盆，緊緊抓著它，盯著鏡中的自己直到那看起來不再像我的臉。接下來三個半月，這會變成我的一種討人厭卻又改不了的習慣。

除了越來越常讓自己陷進浴室的鏡中世界裡，我隱藏內心恐懼的功力也變得更強。不只對泰姆隱藏，有時甚至也對自己隱藏。我們種下球莖，買了夏天野餐用的冰桶。我假裝又假裝，假裝感覺很好。

然而，當四月十日那天當泰姆問我，今天打算到哪裡出遊的那一刻，我的偽裝瞬間瓦解。因為情況特殊，我完全忘了為十七日訂任何計畫（怎麼可能記得！）。一股恐懼從我的肚子往上竄，最後我全身上下都又熱又冷。

慌亂之下我瞄了餐桌對面的泰姆一眼。他用大男孩的率直眼神看著我，將近四十年來如一日。我跟他……我們是幸運的恩愛夫妻。

「泰姆，」我哽咽。

「你還好嗎？」他說。

然後他會意過來。

「該死，艾莉！」他大喊，舉手往桌子一拍。

我默默辭掉工作，遞出辭呈，泰姆請了一個禮拜的假，我們每分每秒都黏在一起。我們邀請無知得很幸福的兒女來吃早午餐（我抱著寶寶，即使她又扭又哭想掙脫，我還是硬把她抓在腿上，直到不得不把她還給她媽媽為止，一顆心也扭啊扭地離我而去）。不管看到什麼，消防栓、樹木、旗竿等等，我都會想，它們會如何繼續存在，一如往常。我跟泰姆那個禮拜做的愛比前十二個月加起來還多。高潮時我暫時被死亡赦免，有如不死之身。有幾次傍晚，我躺在床上滿身金光，覺得自己廣大無邊。我能說什麼？我們又做了什麼？我們在被子底下手牽手。我們做了白醬義大利寬麵，打掃了廚房，聽我們最愛的廣播。我用一條熱熱濕濕的綠色抹布把碗盤擦乾。

3.

二〇四三年四月十七日的早上，我張開眼睛看見陽光。一天已經過了六個小時又四分鐘，而我還活著。我驚愕不已，害怕到連一根手指頭都不敢動，不知道死亡會怎麼到來。我大概希望它會以仁慈的姿態降臨，在清晨的睡夢中悄悄現身。我轉頭看泰姆，他不在旁邊。

「泰姆！」

話音未落，他就衝到門口，神色悽惶。

「泰姆，」我叫他，又悲又喜。他在我眼中是那麼的美好，端著兩杯咖啡站在那裡，披著他那件年代久遠的淡藍色睡袍。

「我以為你快要死了！」他說。

我以為你快要死了。聽起來像一種修辭技巧，其實完完全全是字面上的意思，我發出尖銳短促的笑聲。

會是心臟病發作、中風，還是摔下地下室樓梯？我想要賴在床上把頭靠在泰姆身上，看能不能逃過一劫。可是到了早上十點我還活著，一顆心七上八下，越想越不甘心。反正該來的總是會來，何必躺在床上哭哭啼啼？

「我們出去，」我說。

泰姆用懷疑的眼神看我。

「我又不是生病還怎樣。」我掀開被子站起來，穿上舒服的舊牛仔褲。

外面感覺更危險，隨時可能有樹枝砸下來、起重機失控、車子闖紅燈。但在家裡也處處是陷阱，不小心吃下老鼠藥、一塊肉卡住喉嚨、在浴缸裡滑倒都有可能。

「好，」我邊說邊走出門。泰姆猶豫地跟在後面。

我們在街上走，不時左右張望，對周圍的一切超級警覺，片刻都不敢鬆懈。我覺得自己像個新生兒，戰戰兢兢通過外面的花花世界。徹底抗拒死亡的一天，以番紅花之姿[1]。泰姆不斷說些漂亮的人生大道理，要是那剛好是他對我說的最後一句話會很受用，但我真正想聽的是那些瑣碎無謂的話（他耐著性子、生著悶氣或心不在焉問過千千萬萬次的「你說啥？」），所以最後我只好拜託他別再說了。

「你弄得我很緊張，」我說。

「我弄得你很緊張？」他語氣不悅，但不再說教。我們散步，買咖啡喝，繼續散步，買午餐，到公園裡坐，每賺到一刻都小驚一下，到另一座公園坐，再買咖啡喝，散步，買晚餐。沿途經過的鏡子和窗戶提醒我，別人眼中的我們是個頭頂漸禿、步履緩慢的男人牽著一個穿著寬鬆牛仔褲的老奶奶。但我的感官變得靈活無比，對咖啡的味道、高大青草的顏色、遊樂場裡孩子們的交頭接耳聲都無比敏銳。我覺得無憂無慮，但又跟無憂無慮剛好相反。坐在長椅上看風箏時，我彷彿感覺到椅子底下正在發生的地殼運動。說這讓我想起三十八年前我跟泰姆一起度過的第一

1 譯註：番紅花除了是香料，亦是具療效的藥草，但過量食用可能中毒。

天，會很奇怪嗎？

下午過後是藍色的寧靜傍晚，月亮是鮮明的完美半圓。我們坐在家裡的小門廊上，看著汽車從街上駛過。空氣時而隱隱透著威脅，時而一如平常。但我意識到的那一刻並無異狀，就只是空氣而已，之後隱隱的威脅又會再度逼近。

晚上十一點四十五。我們在屋裡刷牙、發抖。泰姆不小心把牙刷掉進馬桶，我幫他撈出來。我會直接癱在地上，還是會有歹徒持槍闖進門搶劫？

要是搞錯了怎麼辦？回想起那台簡陋的機器、那張小紙片、那個冰冷的鍵盤，我忍不住往多年來一直避免去想的幻想裡鑽。我會不會打錯了身分證號碼，按錯了一個數字？或是系統出了什麼錯，機器內部本身有問題？還是我記錯了日期，會不會是二〇四七年四月十三日？這些突然都變得很有可能。如果我活過二〇四三年四月十七日，那麼我的生命的新界線會在哪裡？

我顫抖著雙手把泰姆的牙刷放到水龍頭底下，用熱水去沖。到時候在藥妝店的走道上走來走去，考慮要換哪一牌牙刷、要選什麼顏色的人，就不會是我了。

我們看著浴室鏡子裡的對方。這一次我沒有掉進自己的倒影裡，我注視的人是泰姆。

我怎麼從沒想過，害我沒命的事也有可能要了他的命？

老實說，這麼多年來我從沒想過這個可能。但那也可能是隕石、炸彈、地震、火災。

我眨眨眼，放開鏡中的泰姆，抓住真正的他。我抓著他像抓住一片懸崖，他立刻抓住我。

我緊張地數了十秒。數他脖子上的脈搏。

「我們是不是該……？」我說。

「怎樣？」他立刻問，幾乎滿懷期待，好像我要提議什麼解決辦法。

「不知道，」我說，「上床睡覺？已經過了我們的睡覺時間。」

「睡覺時間！」泰姆的語氣好像我在搞笑。

二〇四三年四月十七日晚上十一點五十四分。我們都還活得好好的，但話不能說得太早。離今天結束還剩下六分鐘。

可能的解答

Some Possible Solutions

專屬男神

我不是會把專屬男神藏起來的那種人，比方收在臥房、浴室這類最可能互動的地方。我喜歡他坐在廚房平台上。我喜歡他躺在白色皮革沙發上。

不過，大家確實會因此用不同的眼光看你。朋友來家裡小酌時，看到你的專屬男神坐在白色皮革沙發上不免要說：老天啊，有必要這樣嗎，饒了我們吧。

即使你剛開始會替自己辯解，即使你把朋友的反感部分歸因於嫉妒，大家酸你酸夠之後（哦哦哦，他還真的一絲不掛），你還是會把他打發走。他起身，臉上一抹永久不變的淡淡笑容（非常神祕，而且妙不可言，微張的嘴唇剛好能讓女人把舌頭伸進去），晃呀晃地穿過走廊，挺著永遠處於勃起狀態的大陰莖，藍色的運動員結實身材不時撞上牆壁（天啊，誰叫他的腿又長又壯！），因為步行功能還不夠理想（不是我要抱怨好嗎）。

之後，你的朋友終於可以坐下來喝杯馬丁尼。你的孤單寂寞對他們似乎毫無影響。

那些人真好笑！我那麼愛專屬男神是有道理的。他堅挺的藍色陰莖上有個突起，可以抵著我的陰蒂震動。那是我從來沒有過的體驗。他永遠不會軟掉，永遠不會累，無聊更不在他的設定裡面。買下他之後的幾個月，我們一天做三次、四次、五次。做愛對健康大大有益，你知道。說真的，光看就看得出來，主要是皮膚。你應該看看我的臉。

除此之外還有他的眼睛。那兩面小鏡子把我反射回自己的眼底。最近幾個月，我發現了一個很棒的附加優點：我先是在他的眼中看到我自己，接著他把沒有睫毛的眼皮一眨（模擬真人每四秒眨一次），我又看不到自己，等他再張開眼睛，我又看到了自己。

還有他的手臂。我說的是他的手臂！他的手。那宛如雕刻的塑膠肌肉，連手腕到手肘的粗厚血管都清楚可見。這種塑膠跟我以前知道的塑膠都不一樣，有種特殊的柔軟質地，軟得不得了，比皮膚的觸感還要好。

辦完事後他從後面抱住我，我的屁股貼著他涼涼的平坦腹部。如果我又有感覺，只要把身體再滑回他的陰莖上面就行了。這麼說吧。他們一定訪問過好幾百個焦點團體。想必有好幾個生物學家團隊投入研究，不然怎麼會拿捏得那麼恰到好處，面面俱到，連對話考慮到了。甚至連用海綿清洗他的老二都是一種享受。

「你喜歡上我嗎？」我或許會問。

「我喜歡上你。」用低沉平板的聲音回答是他原來的設定。

「你想過來這裡嗎？」我會說。

「我想過來這裡，」他會回。

「我不累，」我會說。

「你不累？」他會回。

「我先去沖個澡，」我會說。

「你先去沖個澡？」他會回。

專屬男神是第一代（對，我喜歡跟朋友說，那筆錢剝了我一層皮，卻讓我得到了兩隻手和兩隻腿）。新的一代當然會改變，功能會再進化，我不否認我大概會是第一個排隊去把專屬男神更新升級的人。

不過，專屬男神還有另外一面。幾天前他開始有點故障。當我問「你喜歡上我嗎？」他回答「你要去上廁所？」還停在我的上一句話。驚悚的情緒平復過後，我亂感動的，甚至沒把說明書拿出來看。

當我說「我現在要去吃早餐」，他會答「我們去睡覺」。晚上我跟他說「今天上班累死我了」，他會說「你現在要去吃早餐？」

到最後，我漸漸感覺到有一股意志透過他說出的話在脈動。我出去幫他買了一些衣服，品牌牛仔褲和喀什米爾毛衣，但專屬男神的比例不適合穿人類的衣服，想也知道他最適合什麼都不穿。牛仔褲最長只到他的修長大腿，他的二頭肌快把毛衣撐爆，更別提拉鍊那裡某些無法克服的問題，最後當然只能讓拉鍊開開。

我忍不住笑他。

「行不通，對吧？」我說。

「你買了衣服給我？」他說，敷衍我幾句。

「你太帥了，衣服配不上你！」我對他說，是真的。他的五官毫無瑕疵，上面頂著完美的大光頭。比尤．伯連納[1]帥一百倍。

「我想試穿看看，」他說。

「你害我笑到肚子痛，真的，」我對他說，已經在想像這些話過不久又會丟回來給我。我太帥了，衣服配不上我？我害你笑到肚子痛，真的嗎？

「先試毛衣嗎？」他問。

拉他坐在床上，扯掉他下半身的牛仔褲時，我提醒自己：我不需要其他人需要的東西。我不需要手牽手在街上或沙灘上漫步，讓陌生人嫉妒我們真是天造地設、幸福恩愛的金童玉女。那些老娘都幹過了，各位鄉親父老！跟一個人黏在一起太久，你都會開始討厭你自己。我愛過我休掉的每個男人。問題在於隨時善解人意、體貼另一個人的各種心情和狀況真的很難。

但你知道什麼很簡單，而且是超級簡單嗎？專屬男神再度一絲不掛地躺在那裡時，幫他口交個一兩下。他永遠不會抓住我的後腦杓，往他的那話兒裡按；他永遠

1 譯註：美國演員，代表作是《國王與我》。

不會在我停下來時哀哀叫。

你有點……走火入魔，我朋友喜歡這麼說，邊說邊一臉刻薄地磨著臼齒，呼嚕嚕吸著亞麻子鳳梨口味的冰沙，手抓著他們的紅棕色大包包。你可以比這樣更好，他們說。你那麼瘦，皮膚亮到金光閃閃，沒人猜得到你已經年過四十，又那麼會賺錢，大家都想抱你大腿，再說一穿上那件霓虹色比基尼，你整個人艷光四射。幹麻要把黃金年華都浪費在專屬男神身上。

他們常以為我跟著他們一起笑，其實我是在笑他們。有天他們或許會找到自己的解決方法。也許會，也許不會。

而我需要的是：一個藍色的男人、一間白色公寓、一排棕櫚樹、早上冥想，還有高潮一次接一次的夜晚。

不過呢，以上只是要說，此刻我卡在一個荒謬至極的情況下。幾分鐘前我從一個春夢裡醒來（夢中的惡魔舔掉印在我兩乳中間的液體，沙灘上的獅身人面圍繞著一個針筒緩緩移動），準備好跟專屬男神再戰一場。但伸手去開他的開關時（一語雙關），卻發現他那平滑的塑膠身體沒從後面夾住我。他不見了。我一慌，慌得有點過頭，既擔心他，也擔心我在他身上的投資。我光溜溜衝下床，驚慌失措地跑上白色走廊，發現他人在廚房裡，坐在光滑的白色平台前的白色高腳椅上，體內刷刷刷發出不對勁的細小聲響，手肘靠在平台上，整個人垂頭喪氣，像極了一個疲憊頹喪的丈夫。

所以現在我們才會站在這裡——但我的反應是不是，嘿，箱子在哪裡？可以退貨嗎？我到底把收據丟到哪裡去了？我是不是理直氣壯地覺得他的語無倫次其實表示這個專屬男神內部有問題？是不是覺得自己拿到了瑕疵品？

可憐的傢伙。他說的話沒有一句不是我丟給他的話。

「你很傷心嗎？」我忍不住問，雖然明知道他會怎麼回答。就如同我知道當我說「你還好嗎」、「怎麼了嗎」、「別擔心」之類的話，他會怎麼回答。

我應該把他退回去，我知道我應該這麼做，我相信我會。我一直都是勇敢捍衛自身權益的消費者。

但我們就這樣三更半夜並肩坐在光滑的高腳凳上。他慢慢地、疲倦地抬起頭（我突然發現那是所有動作裡最像人的一種），我心裡一震，打從一開始他那個神祕的淡淡微笑原來是苦笑。當我看著他的眼睛時，我驚訝地發現（應該是因為晚上很黑）那不再是反射我的鏡子，而是阻止我進入他內心的黑牆。

「我來了[2]，」最後他說。「我很悲傷。我沒事。」

接著，他做了一件我從沒在說明書的設定裡看過的事。他讓右手臂的下半截掉到平台上，掌心朝上，手指攤開。

「不太對勁，」他說。「別擔心？」

我心裡想的是：唉唉唉。我心裡想的是：又來了。即使是擁有完美老二的東西也會出大問題。即使是聖潔修女也會愛得死去活來。

勇氣

一個人消磨了一個晚上，壓馬鈴薯泥、做蜜汁紅蘿蔔、翻翻如何提高受孕機會的書（也就是跟這輩子所有你覺得刺激好玩的事暫時說拜拜）之後，我老公終於在凌晨兩點爬上床。他說地鐵上有個喝醉酒的妙齡美女坐在他對面，她一誇了他的鞋帶，二直說他可愛，三站起來，四狠狠把他的頭壓在塑膠牆上，五親了他的嘴，六在收據背面寫字，七把收據揉掉，八把揉成一團的紙丟向他：上面寫著：我愛你，M。XXX-XXX-XXXX[3]。我在旁邊假裝已經睡著。

我唔了一聲，假裝睡得正熟，其實躺在他旁邊天人交戰，嫉妒到無法動彈（暴風雨把他困在半路上，他淋了雨，身上還冷冰冰）。要是我跟地鐵上那個強吻我老公的年輕女人一樣勇敢就好了。

完美嬌妻

我們發現我們需要的是一個老婆。你是為了性，我是為了有人幫忙做家事。所以，因為這件事終於合法化，我們就跟這個叫安娜的女人結婚，開始三個人的婚姻生活。英文的Anna正著念倒著念都一樣，感覺正適合我們。

安娜真是個沒話說的好太太！

結婚當天她笑容滿面，好像那是她這輩子最快樂的一天。我們三個人有張在市政府前面的合照。我跟安娜捧著我們的非洲菊小花束，三個新人對著這絕佳的安排

---

2 譯註：原文為 I am coming，也有達到高潮之意。

3 譯註：電話號碼。

眉開眼笑。

安娜，我們的寶貝安娜。新婚之夜我們愛撫她的身體，擔心原本的雙人床會不會太小，該不該換張超大床，但安娜不介意。她說她喜歡擠在我們中間，喜歡一邊是我的胸部，另一邊是你的大雕。

這就是安娜神奇的地方。她可以嘴巴很賤，外表又那麼甜。打著燈籠也找不到比安娜更心胸寬大的老婆。尤其是她看起來是那麼的幸福快樂，好像整天在家打掃煮飯是種神聖的冥想方式。安娜超愛一牌有機的清潔產品，定價雖然很高，我們還是鼓勵她買，因為我們希望安娜想要什麼就有什麼，不管是什麼都行。薰衣草是她最愛的香味。她會搭地鐵大老遠跑去農夫市集買些奇奇怪怪、顏色鮮豔的當地蔬菜，用她精心調配的異國香料來烤蔬菜。我們下班回到家時，蠟燭已經點好，餐桌也鋪上她買來賦予我們灰灰舊舊的餐具嶄新生命的黃色餐巾（絕佳的視覺品味也是安娜的眾多優點之一）。她會從平底鍋裡舀起熱騰騰的蔬菜，邊用她那甜美可人的方式問我們今天過得如何、有什麼不如意和煩惱，提醒我們就算工作上不盡如人意，也要肯定自己的小小成就。換我們想關心她，問她今天過得怎樣，她就會顧左右而言他，只說她今天過得很好，跟平常都一樣。

安娜樣樣沒得挑，更不用說在床上的表現。晚上在床上時她跟其他時候一樣有條有理，精準到位，全身香噴噴，一心只想取悅我們。她的呼吸有肉桂的味道，身體光滑閃亮，讓人想起海豹，脂肪和肌肉的比例恰到好處。五官對稱，要不是她不嫌棄，溫柔地用手指觸碰我們的臉頰，我們都要對自己的長相感到抱歉。沒錯，她可以同時愛撫我們兩個人，而且每次自己都差點要高潮。

哦，安娜，我們的女王！幫我們列採購清單、整理抽屜、過濾垃圾信件、提醒我們給手機充電和別忘了帶雨傘、幫我們帶便當，甚至舔遍我們全身。

我們的抽屜總是放滿乾淨的衣服，連內衣褲都摺得整整齊齊。我們以前可是直接把襪子塞進抽屜、連有沒有成雙都不管的人！現在家裡每個角落隨時都有你馬上需要的東西：剪刀、膠帶、去年的報稅資料。每次忘了東西放哪（那頂上面有紅色絨球的毛帽到哪去了？），只要問安娜就一定能找到（外套衣櫃最上面左邊數過來第二個盒子）。她的腦袋就是我們家的活目錄。她真是個天才！我們愛死她了。

但要愛安娜不是件容易的事。比方說，很難想到送她什麼禮物才好。她喜歡什麼？她喜歡花，但她一向在農夫市集自己買白日菊，回家再把花插在藍色水瓶裡（我堂姊送我們的結婚禮物），讓我們一踏進家門就心情一振。話說回來，誰知道安娜是真的喜歡花，還是只是因為我們喜歡花？她是喜歡有機的清潔用品沒錯，但那不是你會愛上的東西，再說也不適合拿來當禮物。她不喜歡我們把薪水花在幫她買衣服、帶她上高級餐廳吃飯，她都已經那麼幸福了。不過，她生日那天，我們還是送了她一件美麗耀眼的藍色洋裝，帶她出去吃飯，但她坐在座位上豔光四射，手肘在黑色亞麻桌布上移上移下，在我們挑選的高檔又時髦的餐廳裡顯得跼促不安。她不喝酒，不抽菸，深夜搭地鐵回家的路上一臉緊張。一回到家，她馬上拿出一瓶薰衣草香味的清潔劑，開始擦洗浴室地板，身上還穿著那件新洋裝。我們探頭進去，看見她蹲在地板上。她抬頭看我們，當天晚上第一次露出微笑。

「安娜啊安娜，」我們喊著她的名字，「求求你告訴我們，我們能為你做些什麼？」

但她只露出她那嫻靜的微笑，邊脫掉身上的藍色洋裝，邊穿過臥房走向我們，讓我們神魂蕩漾。

我們送她一條細緻的銀鍊子，她不住道謝，但那天晚上戴過之後，我們就沒再看過她戴。我們只能在每天短短的獨處時間裡猜測，或許她把鍊子沖下馬桶或丟進水溝了。當然更有可能的是扣環斷掉，鍊子不小心掉了，而她太客氣太不想傷害我們，所以才不想跟我們提。但我們還是起了疑心。

我們鼓勵她週末給自己放假，睡個午覺、跟我們一起去公園走走或去看美人魚遊行。但只有我們睡午覺她才會一起睡午覺，或是脫光光的「午睡」才會加入。我們鼓勵她看書，家裡有很多書，她想要的書我們都會買，想看什麼雜誌我們都會訂。我們鼓勵她聽音樂，下載她喜歡的歌，我們可以付錢，非常樂意，也願意讓她來挑Netflix上的片單。她柔聲說，「或許買本素食食譜還不錯。」（我們都吃素）她常說她光是家事就忙不完，沒時間做別的事，雖然後來她也照我們說的去選Netflix的片單，但她只會留意我們的觀片紀錄和我們過去的最愛影片歸納出的推薦影片。

「安娜……你最喜歡的電影是哪一部呢，安娜？」我們曾經問她，迫切想知道她的喜好。

「呃，」她說，露出無限甜美的笑容，「我沒有最喜歡的片。」

安娜不會讓我們因為從來不幫忙拿出洗碗機裡的碗或不需要補充衛生紙而愧疚。但那反而讓我們更有罪惡感。離婚前的幾個月，我們開始期待她會發飆，破口大罵我們既自私又懶惰，從不動一根手指頭，因為我們無法想像自己可以享受這一切而不用花一毛錢。我們想要付錢、付錢、付錢。

狙擊手

我人生中有一段時間只要跟人說話，就無法不想像對方的腦袋瓜被子彈射穿，左腦杓血肉模糊的畫面。好像有個狙擊手就躲在我所在的每個房間的樑上一角，或埋伏在我經過的每棟建築物的屋頂。

那個人（我丈夫或隨便一個人）渾然不察地對我說著話，而我就坐在那裡，看著骨頭血肉腦漿頭髮在我眼前爆炸，噴射得整個房間、整輛公車或整條街都是，那人的衣服滿是紅的和其他慘不忍睹的顏色。

那種時候，看著一個人的脆弱內臟這樣暴露在面前，全身像塗滿番茄醬紅通通，隨時都會一命嗚呼，我會很同情那個人。所以我會努力聽他們說話，非常非常仔細聽，聽他們想說什麼，就像在聽對方的臨終遺言。

「哦，天啊，」我會在一旁附和，「是啊是啊，我懂你的意思。」

我只希望自己的這種反常行為是同情心的一種表現，代表我正在變成一個更好的人。

分身
Doppelgangers

女王便便的時候總是一臉深沉，眼神肅穆，彷彿看破了一切。因此他們才會開始叫她「女王」，即使她才一個月大。此外，他們開車到新家的路上，車裡塞滿了東西，她坐在汽車安全座椅上的模樣也女王架勢十足。還有，她蓋的毯子上印著貴氣逼人的紫色星星，小得滑稽的兩條腿在毯子底下踢來踢去。

晚上睡在新房子裡，山姆向米茉莎保證，「在這裡會好一點的。」她站在新廚房的新窗戶旁邊，望著外面的新後院，把女王緊緊抱在懷裡。她在哭——不是女王，是米茉莎。女王睡著了，頭擱在米茉莎的下巴底下剛剛好。她不知道是不是每個寶寶的頭擱在媽媽的下巴底下都那麼剛好，是不是生物構造就是這樣。那些女人是什麼人？那些提醒她「沒有第一眼就愛上自己的寶寶也別擔心，那需要一點時間」的女人是誰？

山姆又說「在這裡會好一點的」。還是沒有？她累到搞不清楚了。周圍一切都一團模糊：電子鐘上的紅色數字、女王嘴巴的黑洞都是。

山姆走到米茉莎身後，在她脖子後面咬了一下。他的吸血鬼之吻。那是他很多年的一個晚上偶然發現的一個小遊戲。當時他們在床上滾來滾去，他的牙齒找啊找的就發現了那塊皮膚。他馬上放開，向她道歉。「不要走開，」她堅定地說，整個人飄飄然，發現自己可以愛他了。「我說真的。求你再弄一次。」

這是女王出生後他第一次對她做這件事，所以米茉莎尤其敏感。他牙齒的觸感絲溜溜滑下她的脊椎，像無痛分娩前幾秒、知覺還沒消失的感覺。她轉身對著他，張開嘴。女王哇一聲醒過來。

山姆去上班的時候，米茉莎把手指從女王的頭頂滑下脊椎，一次又一次，不可自拔。太沉重了，這樣的美，這樣的責任。女王打嗝。女王瞪著大眼睛看房間的角落，好像看著鬼魂從牆壁裡浮現。女王放屁。米茉莎受不了女王頭殼上尚未發育完全的那一塊，軟綿綿的，像一塊過熟的水果。感覺女王一瞬間就會消失或瓦解，要毀掉她不費吹灰之力。

「你在家嗎？」山姆站在門口問。熱浪來襲。臥房裡又熱又暗。整棟房子都又熱又暗。他看不出來誰在哭、誰在睡覺。

週末他們會安排活動。好玩的活動，全家出遊的活動。山姆很堅持。出門晃一晃、在人行道上散步、到公園長椅閒坐、吃冰淇淋，這些對米茉莎來說都很怪異。她很習慣待在房子裡。很習慣坐在床上，讓女王坐在她的膝蓋上。她的腋窩濕濕的，背心裙有股異味，胸部在漏奶。

另一張長椅上，另一對夫妻在吃冰淇淋，眼睛盯著嬰兒車。那女人穿著跟米茉莎一樣的涼鞋。

米茉莎突然站起來，說「我們走吧。」

山姆抬起頭，一臉驚訝。

「走吧，」她說。

生產過程很漫長，從那之後她就沒再一次睡超過三個鐘頭。山姆站起來抓住嬰兒車的手把。她衝上人行道，往一條比較靜謐的街道走去。小巧、實用的屋子，跟他們的不能說不像。她放慢腳步，讓山姆和女王追上她。到了街尾，有個女人抓著一條長長的水管在澆一排乾萎低垂的萎百合。米茉莎喜歡萎百合，走近那片院子時，她幾乎要揚起嘴角。

但那個女人，那個手拿水管的女人穿著跟米茉莎一樣的背心裙。那間小房子裡飛出一樣東西：新生兒的哇哇哭聲。

半夜間，女王吵著要喝奶，米茉莎的胸部也在滴奶，但女王哇哇大哭很難含住乳頭。女王身上的奶黏答答。米茉莎身上的奶黏答答。米茉莎奮力要把女王搞不清楚狀況的濕黏身體按向她的乳頭。奶水把她們的肚子黏在一起。

星期一，高溫破表。女王不太對勁，皮膚起了多到數不清的小疹子。米茉莎是在凌晨四點五十七分女王把她吵醒時發現的（山姆照睡，完全不受哭聲影響，每次都這樣，米茉莎為此覺得困擾，有時心裡充滿了難受的恨意，好像自己不是嫁了個男人，而是飛盤或湯匙）。

米茉莎繞過搬家的紙箱，打開女王房間裡的天花板電燈。她幫女王換了包屁衣和尿布，站在尿布桌前盯著女王的皮膚看，久久未動。女王又踢又扭又抓，無視於媽媽嚴峻的眼神。直到女王揮來揮去的手開始有點抽搐（太興奮？還是不舒服？），讓她的心一緊，她才終於把女王抱起來。

她走回房間看山姆睡覺，然後把女王往他的臉上推。

「你看！」她命令他。

山姆半夢半醒地接過小孩，努著嘴哄她，把她貼在自己的胸毛上。「我在看啊！我在看咱們的漂亮小寶貝！噢！」

女王對爸爸笑，看起來是這樣。

米茉莎把女王從他手裡搶走，抱緊她，緊得不能再緊，寶寶的頭擱在米茉莎下巴底下的凹洞裡，但她希望有其他方法可以把她抱得更緊。

房子讓人覺得好小，又小又熱。米茉莎覺得自己身上的味道一分鐘比一分鐘還要強烈。女王出生後，她的體味就變重了。山姆在某個地方看過一種說法：新生兒全世界只認得一個人，而他們認得那個人的唯一方式就是透過氣味。她不知道女王會不會越來越不喜歡她身上的味道，還是味道越重，女王反而越喜歡。

去公園途中，她坐在車裡覺得很得意（她收好了尿布袋也找到了鑰匙），還拉下全部的車窗。她想去池塘邊的長椅坐坐，把女王抱在腿上，觀賞池中的天鵝。這是她懷孕期間一直幻想要做的事。

但今天連鳥都讓她心驚膽跳。天鵝和鴿子包圍了位置最好的長椅，準備要攤牌。鴿子閃著凶狠的虹光，天鵝閃著凶狠的白光，一場復仇大戰一觸即發。

她把嬰兒車掉頭，離開戰場。女王開始動來動去。只有女巫敢在這種熱到沒天良的天氣推著自己的寶寶走來走去。

「你是我最好的朋友，」她哄著女王說，但聽起來只顯得悲涼。

米茉莎慢慢開車回家。要是女王可以坐在她旁邊的副駕駛座該有多好。她描述沿途的風景給她聽：那裡有間教堂，那是學校，那邊是加油站。後座很快隨著女王沉沉睡著而陷入寂靜。他們說跟寶寶說話很好，但有時候很難知道要說什麼，即使你的寶寶是女王。

米茉莎一個人，真正一個人的時候（五個禮拜前經常如此），她就會打開廣播。但當她在停車標誌前停下來時[1]，車子裡靜悄悄，一點聲音也沒有。

十字路口的四向停車標誌前停了四輛車，除了米茉莎之外還有其他三輛。第一個切過十字路口的是米茉莎左手邊的車。駕駛人是留著深色短髮的女人，一臉疲倦，後座一張汽車安全座椅。米茉莎右手邊的汽車第二個切過十字路口，駕駛是一個留著深色短髮的女人，一臉疲倦，後座一張汽車安全座椅。接著，米茉莎對面的車切過十字路口，駕駛是一個留著深色短髮的女人，一臉疲倦，後座一張汽車安全座椅。輪到米茉莎了。她嚇壞了，全身無法動彈。

但輪到她開車了，所以她踩下油門。

黃昏時分，山姆開車。深藍色的夏日夜晚，鳥鳴聲伴隨著寂靜。紅燈停車時，他們看著一個女人推著嬰兒車穿越閃閃發亮的人行道。

紅燈轉綠時，米茉莎忿忿地說，「這個小鎮！」

1 譯註：美國的停車標誌等同於紅燈，車子須先停下來確定沒車才可通過。

「怎樣？」山姆問。

眼前出現一排深色樹木，應該是用來當聖誕樹的那種樹，盛夏季節看到這種樹矗立在溽暑之中感覺很突兀。

「到處是我的分身，」米茉莎說。正說時，腦海也浮現他們的樣子：跟她一樣皺著眉頭研究番茄醬的成分表，跟她一樣手忙腳亂擦去寶寶一圈圈肥嫩大腿上的便便。

山姆哈一聲。米茉莎回頭看看女王。後座暗暗的，但她感覺到寶寶醒了。

山姆用他那種平淡的語氣說，「是啊，這就是我愛你的原因。因為你就跟其他人一樣。」

她把脖子往後伸得更長，瞥見她的共犯警覺的深色眼睛。

米茉莎以前是個很有規劃的人，打算要開一家小公司，電腦裡還存有電子試算表。

把車開進車道時，山姆問，「是因為他們……用跟我們一樣的嬰兒車嗎？」

他下車去開後座的車門，解開女王的安全帶。女王吐在他身上，就跟鎮上很多嬰兒都吐在爸爸身上沒有兩樣。

看見她們站在加油站，頭髮跟她的一樣曬到焦黃，身體呈現同一階段的產後鬆弛，讓她全身發毛，不只發毛，甚至反胃想吐。

蔬果區有個她的分身。那女人的購物車裡躺著一個睡著的寶寶，寶寶坐的可拆式簡便嬰兒座椅跟女王坐的一模一樣。米茉莎躲在香蕉後面偷看。那女人一手拿著一顆真正的檸檬，另一手拿著檸檬造型瓶的檸檬汁。她把檸檬丟進購物車，把瓶裝檸檬汁放回架上就邁步走開，之後又再回頭把檸檬換成檸檬汁。後來她又改變主意，再次把檸檬汁放回架上，把檸檬放進購物車。

米茉莎認得這種疲倦引起的三心兩意，那種腦袋鈍鈍的熟悉感覺。認出對方的強烈悸動促使她朝著那女人走過去。

「上禮拜我也做過同樣的事，」她脫口而出。

她的分身正在研究那瓶檸檬汁的營養標示，對她的搭訕沒反應。米茉莎大膽地提高聲音再試一次。

「我掙扎過很久，不知該選哪一個，」她說，聲音在涼爽、寧靜的超市像一種打擾。

分身轉向她，燦爛一笑，米茉莎也回她燦爛一笑。

「我懂！」分身說，好像兩人正聊天聊到一半。「就像要在方便和真材實料之間做個取捨。我不相信擠個檸檬會有多麻煩，但你知道，現在這對我確實就是個麻煩。」

米茉莎當然懂。那種感覺她太清楚了，差點就要滴下兩行淚。

「多大啦？」分身問，把笑容轉向女王。

「六週，」米茉莎說。

「我的也是！」分身興奮地喊。「嚴格來說是六週半。上禮拜才剛開始會為放屁以外的事笑。嘿，你一定要來參加我們的六月寶媽聚會。」

「喔，」米茉莎說，既反感又著迷。

「瑪麗．羅傑斯，」分身伸出手說。

「米茉莎．史密斯，」米茉莎說。

「米茉莎！」瑪麗．羅傑斯驚呼。「好個名字。」

「我媽最愛的一種雞尾酒[2]，」米茉莎一如往常地解釋。當時瑪麗．羅傑斯還不知道，除了名字以外，米茉莎跟任何一個平平凡凡的珍妮並無兩樣。

紙在她的口袋裡，濕答答的都是汗。晚餐時，她把手伸進口袋捏了捏。晚餐她煮了義大利麵。晚上已經熱到不行，她不知道自己幹嘛要弄需要把水煮滾的料理。

山姆坐在早餐桌對面問她，「要我抱一下嗎？」他們有飯廳，飯廳裡也有餐桌，但還沒開始用。米茉莎一手抱著女王，另一手抓著從瑪麗・羅傑斯的購物清單上豪邁撕下來的一小張紙。瑪麗・羅傑斯在一面草草寫下這禮拜媽媽聚會的咖啡館名稱，另一面寫著糙米、黑棗汁、紙巾、橄欖……拿著另一個女人的購物清單有種窺人隱私的感覺，上面的筆跡跟米茉莎寫購物清單的慣常筆跡一樣潦草。

米茉莎堅持抱著女王，即使寶寶的體溫讓她自己的體溫增加了一兩度。

「你自己也要吃飯，」山姆說。

女王就是我的飯。

「這種熱天煮義大利麵太笨了，」她說。

---

2 譯註：意為含羞草。

山姆聳聳肩，叉一口麵放進嘴裡。她看得出來他也這麼想。

「讓我抱她，」山姆又說，「這樣你才能吃東西。」

她不忍心拒絕他，強迫自己把寶寶交給他。女王撐了二十秒就開始哭號。山姆站起來搖她哄她卻沒拿捏好方法。米茉莎忍住挑剔他的衝動，反正女王各式各樣的特定需求用說的也說不清楚。過幾分鐘他就不得不把寶寶交回媽媽手中。女王馬上安靜下來又更教人生氣。山姆把盤子拿去洗碗槽，重重把盤子放下。

那些推著嬰兒車、穿著背心裙和涼鞋的女人簡直要把咖啡館占為己有。她們霸占了兩張大桌子，正要進攻第三張。米茉莎推著嬰兒車奮力要穿過門口，一半卡在門內，一半還在門外，心裡不禁想：現在還有機會逃走，還有可能跟女王單獨消磨一下午。

「嗨，歡迎！」其中一個分身喊。應該是瑪麗．羅傑斯，她猜想，雖然不可能確定。「這裡！」

所有人紛紛轉過頭，一張張臉映照出她疲憊的臉。她們都在跟她揮手，不約而同挪出位置讓她加入。

長久以來，米茉莎第一次清楚知道自己該做什麼。她穿過咖啡館，走到她們中間。她得到一個位子和一杯冰茶。她把女王從嬰兒車裡抱出來，漫不經意地開始餵奶，跟其他人一樣。所以她只要坐下來、餵寶寶喝奶、融入大家就行了。

但接著問題開始了。幾週大了？你在哪裡生的？出生時多少克？名字怎麼取的？什麼時候回去上班？找到保母了嗎？午睡時間多長？晚上睡得怎樣？因為太緊張，她說錯了出生日期，把十二日說成十日，但又不好意思承認，因為有個分身欣喜若狂地說她的寶寶也在同一天出生。

米茉莎躲在女王後面，直到發現女王的疹子已經擴散到頭皮，只希望其他媽媽不會發現。

「我們正說到濕紙巾抽取器有多難用，」有個人說。「人類都能登陸月球了，卻發明不出把那些該死的濕紙巾輕易抽出來的方法？」

兩天前她也想到同樣的事。當時女王在她懷裡踢著腳，尿布黏呼呼，她奮力要把濕紙巾硬拉出來。

「所以，」某個人轉向米茉莎問，「目前為止都還好嗎？」

大家都看著她。答案已經到了她的舌尖：哦，都還好。她環顧桌子一圈，看了看各種階段或睡或醒、或滿足或不滿的其他寶寶。她必須承認每一個寶寶都跟女王一樣漂亮，也一樣討厭。

「我一天要哭兩到四次，」米茉莎說。

她的真心話引來一陣沉默。她不由畏縮。還是不該在人前掏心挖肺。

「才四次？」有人說。

「試試六次看看！」另一人喊。

「每次我帶寶寶去公園散步，就好像有人他媽的打開了水龍頭。」

「前幾天有個老太太推著輪椅過來問我『你還好嗎？需要幫忙嗎？』」

「天啊，我的裙子上有便便。」

「一半可頌分你要嗎？」

「嘿，各位，拜託別靠過來近距離看我的寶寶！他的疹子很噁！」

有天早上，山姆從她後面走過來，問，「你在做什麼？」

米茉莎站在浴室的鏡子前看著自己，在自己臉上尋找眾分身的臉。

「準備出門，」她說，「正在刷牙。」

但她沒在刷牙。

「去哪？」他問。

「去見……」米茉莎停下來選擇用詞，「那些婆婆媽媽。」

她冷冷地打量鏡中的他。她知道其他分身的丈夫問起這些沒完沒了的媽媽聚會時，她們也都用同樣的眼神打量自己的丈夫。

女王在嬰兒房裡咳嗽、嗚咽，米茉莎覺得自己的手臂彷彿也在咳嗽、嗚咽。她對自己笑了笑。

「你不是昨天才見過他們？」

米茉莎繞過他，伸手抓下掛在浴室門掛鉤上的背心裙。

對，她昨天見過他們，跟她們圍成一圈坐在一起，一滴滴來自不同媽媽的眼淚落在脂漏性皮膚炎已經乾黃結疤的小頭顱上。她們多麼神奇。這些女人相信自己的寶寶是宇宙吹到他們手上、要他們妥善保管的小絨毛，因為自己不適任母職而痛恨自己。跟這些分身在一起，你可以口無遮攔地說「我覺得自己是女巫」，其他人都會一字不差地同聲附和。你可以坦承你在最近一次的夢裡變成了晶洞，其他分身就會列出他們夢過自己變成的所有東西。他們知道愛被懼怕圍繞的感覺。那種感覺讓他們推著嬰兒車走在街上時，腦子裡也甩不掉垃圾車升起車斗、往人行道傾倒垃圾的暗黑白日夢。

她哼著搖籃曲扣上涼鞋。山姆看著她。他已經把女王從嬰兒床裡抱出來，但女王想要媽媽。

米茉莎站起來，展開雙臂。

又是山姆。坐在餐桌對面。夜晚時分。蓬頭垢面，像個陌生人。他們在吃櫛瓜，但吃起來粉粉的，有種夏天太過漫長的感覺。

「我為我們難過，」山姆說。

米茉莎沒說話，最近她常這樣，只有跟她們在一起例外。在鎮上不同餐廳的桌子前，其他媽媽不也感覺到了自己的渺小生命的重量？把女王抱在腿上吃飯已經成了她戒不掉的習慣，但用叉子叉著櫛瓜揮來揮去，難免會有碎塊掉到女王軟得教人心疼的頭髮上。

女王扭扭腿，嘴唇一斜，露出淡淡微笑。

米茉莎強自把手伸過餐桌去摸山姆的手臂，用她能擠出的所有溫柔撫摸他手上的筋脈。他低頭看她的手，好像那是五條毛毛蟲，不是五根手指頭。

女王瞬間變臉，從喉嚨深處響起一聲哭嚎直衝上天。

「她有什麼毛病？」山姆說。問題本身很嚴厲，口氣卻像個小男生——驚恐之餘也真心想知道答案。

漆黑的夜裡，米茉莎把手伸向山姆的身影，卻什麼也沒摸到。她隱隱約約在黑暗中看到他的輪廓，他的頭躺在枕頭上，她卻摸不到他的身體。

晚一點醒來餵母奶時，她看見山姆回來了，身影和身體都回來了。她放下一顆心，溫柔地把手從他的頭頂滑下脊椎。

分身和她們的寶寶在公園裡，慵懶地躺臥在毯子上。媽媽們在吃葡萄，把葡萄拋來拋去，說說笑笑，腦袋昏昏沉沉，因為她們的寶寶晚上十一點、一點、三點、四點半和六點都會把她們吵醒。有什麼比這更好笑？寶寶一下哭鬧，一下要拉屎，一下要喝ㄋㄟㄋㄟ，於是熠熠生光的胸部上場了。誰不會想把嘴唇貼在這麼飽滿的乳房上，媽媽咧嘴對著彼此笑，像聚在一起嗨翻天的青少年，熱浪為這一切額外增添了一抹微光。葡萄在草地裡一閃一閃，女王也露出奶香四溢的燦爛微笑，母性的偉大完全被低估了（分身都有同感），一切都那麼光彩奪目，米茉莎的眼睛彷彿鑽石。跟寂靜家中的灰暗餐桌隔著一個宇宙遠，也跟十年前的她隔著一個宇宙遠。當時，另一個版本的自己跟山姆坐在破舊的棕色沙發上，山姆的前女友走進房間時，他們兩人都定住不動，暗中結成同一陣線。如今山姆走進房間時，定住不動的是她和女王。

有個分身懶洋洋地低聲說，「不覺得很好笑嗎？我們從來不聊所謂的『另一半』？」

大家紛紛稱是，不絕附和，分身向來如此。米茉莎也加入。她不也一直覺得她跟他之間的距離很不可思議？

但接下來大家七嘴八舌分享意見，一迭聲回應，為彼此對另一半的漠不關心悵然又莞爾之際，米茉莎卻發現自己很需要山姆。她不知不覺站起來，酒醉般把女王散落的東西收好。

她把女王丟進嬰兒車，每過一秒動作就越急躁，跟那些洗過也被寶寶吐過奶的背心裙拉開距離，越過草地走向小徑，逃離她跟她們的想法結成的完美聯盟。

她往後一瞥，看見其他分身也都在收拾東西，各自散開。

從公園回到家，她穿過紗門走進廚房，覺得全身無力又不對勁。汽車座椅砰一聲重重撞上門框，女王尖叫一聲醒過來，用力到全身繃緊。

她抱住扭來扭去的寶寶從走廊跑進浴室，按下電燈開關看著鏡子。女王的疹子又更嚴重了，擴散到整張臉，米茉莎覺得那些疹子彷彿要衝破她自己的毛細孔跑出來。

但女王不停哭鬧，身體暖熱又有力，疲憊卻又真實無比。米茉莎容納不了所有這些情緒，所有正面、負面、正面、負面相互重疊的情緒。她的內心沒有空間容納這樣的愛，那種爆炸性的愛幾乎跟恐慌無二。

她按下電燈開關。房間一暗，女王就安靜下來。冷冷清清的傍晚纏繞住她們。米茉莎好奇她們在漆黑的鏡子裡是什麼模樣。

山姆。

「我累癱了，」她坦承。

「我來抱寶寶，」他說，「你睡一下。」

「那晚餐呢？」她問。

女王在他懷裡軟綿綿，不吵不鬧。米茉莎走去臥房，一下就睡著了。醒來之後，米茉莎覺得出奇地神清氣爽，好像一睡睡了好多年。臥房裡很涼爽，熱浪不再。她迫不及待要看見他們父女。

屋裡一片陰暗。車子不見了。屋外的最後一線日光快速消逝，八月底就是這樣——等等，已經九月了嗎？

她大聲喊他們，甚至喊出女王的本名，但從嘴巴說出來感覺很陌生。廚房靜悄悄，看不見。

怪不得他要離開她。最近她對他很壞，不是嗎？但她不記得她是怎麼對待他的。整個夏天她只記得女王的臉，還有她的千千百百種表情。

沒有他的日子會很辛苦，她不想要，但死不了。

但沒有另一個……她活不下去。

她只想得到一個地方可去。光線越來越暗，她快速走上從來沒有人走的人行道。她分不出夜晚從哪裡結束、她從哪裡開始。

接近那棟房子的時候，米茉莎以為會看到跟她逃離的場景一模一樣的場景：瑪麗．羅傑斯獨自站在沒開燈的廚房裡，孤苦無依。但透過紗門往裡看，她看見瑪麗．羅傑斯有個顏色鮮豔的廚房：大紅色桌布，白得耀眼的冰箱。瑪麗．羅傑斯坐在廚房一角的早餐桌前，神采奕奕，臉上映著橘色的人造光，丈夫和小孩都在身邊。他們剛吃完甜點。瑪麗．羅傑斯抱著寶寶——幾乎但還是不像女王那麼漂亮。瑪麗．羅傑斯的丈夫背對著米茉莎。那也可能是山姆的背，一樣下班後的頹喪模樣，一樣頭頂漸禿。

米茉莎第一次有這麼強烈的渴望。她想要潛進瑪麗．羅傑斯的身體，抱著她的寶寶，吃她剩下的最後一口冰淇淋。

瑪麗．羅傑斯站起來把寶寶交給丈夫。當她轉頭從廚房走進走廊時，米茉莎看見她脖子後面的嘴形記號。

米茉莎伸手一推，瑪麗．羅傑斯家的廚房紗門吱一聲打開，跟她家的紗門一樣的聲音。

「哈囉，」瑪麗‧羅傑斯的丈夫用出奇平淡的聲音說。他轉過頭對她微笑。

他看起來就跟山姆一樣。

他腿上的寶寶開始哇哇哭。她感覺到奶水流了出來，指尖因渴望而像通了電。她衝進廚房抱起寶寶。男人只要笑不笑地把嘴一斜就作罷。

「寶寶，」她說，「媽媽去哪裡了？」

她在他對面坐下來解開背心裙。寶寶很快含住奶。催產素的狂喜快感衝上腦門。她感覺得到那種快感從血液裡擴散開，手指和腳趾一陣刺痛，打開她心臟的活瓣和胸部的乳腺，乳汁和母愛源源湧出。

他用不帶喜怒哀樂的冷冷眼神看他。她喜歡他的注視，覺得自己偉大、神聖不可侵犯、母儀天下，像個史前的女人。

寶寶吸飽之後，她扣好洋裝站起來，把寶寶緊抱在懷裡，頭擱在她下巴底下的凹洞裡。他也站起來，離開早餐桌，離開頭上吊燈打下的光圈。

他的額頭靠著她的額頭。

「她要是回來怎麼辦？」她說。

「誰？」他問，呼出的氣息打在她的眼皮上。「你說誰？」

飯局最後的痛苦掙扎和狼狽喜悅

The Messy Joy of the Final Throes of the Dinner Party

伊娃在廚房裡，正要把一堆髒盤子放到洗碗槽旁邊時，另一個房間的餐桌那頭突然靜下來。那種靜，就像等人從皮夾裡拿出小孩的照片，或者更像在等YouTube載入影片。不久前，那一夥人還在取笑某過氣政治人物的男女關係越來越不知檢點、某部藝術片的藝術價值多麼可疑，說說笑笑氣氛正熱烈。老實說，能逃進廚房把噁心的剩菜刮進垃圾桶，她還真鬆了口氣。她安慰自己，只有她一個人把髒盤子收進廚房，因為只有她一個人懂得體恤主人。這樣總比承認只有她一個人把盤子收進廚房，是因為只有她一個人不屬於這裡，不屬於那些光鮮耀眼、嘴巴惡毒的人，心裡要好過一點。

伊娃美化自己的善體人意，把盤子洗乾淨再排進洗碗機，一直在等他們哄堂大笑，打破沉默。但沉默延續，伊娃發現自己非再走進那個房間不可。

一跨進門，她就忍不住震驚得倒抽一口氣。開什麼莫名其妙的玩笑！七個人全都靜止不動定在原地：主人半站半坐把鮮奶油倒進咖啡；好多叉子呈不同角度停在蘋果派和嘴巴之間；一隻手往上甩以示強調；一顆頭在大笑中往後仰；許許多多手指緊緊握住酒杯。一幅無可挑剔的生動畫面，呈現飯局最後的痛苦掙扎和狼狽喜悅。

她躡手躡腳走向餐桌，等他們停止這場鬧劇，把一張張期待她做出正確反應的臉轉向她。但畫面一樣無可挑剔，靜止不動，教人困惑。伊娃盯著他們的眼皮，等著看誰先眨眼，結果發現大多數人的眼皮不是半開，就是開四分之三，要不就是閉上，凍結在不同的眨眼階段裡。

她把注意力轉向主人，對方是那種不苟言笑的典型美國帥哥，但對她毫無吸引力。仔細看他正在倒的鮮奶油，她才恍然大悟。鮮奶油呈圓弧狀懸在半空中，完全沒在動，白色尖端只微微碰到咖啡的黑色表面。

這不是玩笑，不是表演。一切都靜止不動，除了她。

她舉起手，在主人面前搖搖手指頭。沒反應。

照理說這時候她應該會嚇到，但她只覺得好樂。

首先，她走向她丈夫，她心愛的、沒刮鬍子的丈夫。他仰頭喝紅酒，眼睛幾乎閉上。她在他的額頭上親一下，摸摸他的臉頰。整個房間有七個人，從她本來就可以名正言順觸碰的人開始，或許有點奇怪。但他不是每次都肯讓她摸他的臉或親他的額頭。

接著，她走回主人那裡。好發議論的傢伙。伊娃趁這機會去親他的嘴，給他和他所有兄弟會哥兒們一個只能收、不能回的吻。

伊娃拿走女主人的項鍊（她一整晚都盯著這條項鍊），把它戴在自己的脖子上。那是一個綁在黑繩上的金屬大墜子，類似護身符。接著，伊娃摘下圖書館員的眼鏡（此姝愛戴厚眼鏡，知道自己五官分明的美貌會怎麼改變這副眼鏡），把眼鏡放在黏膩的盤子上，旁邊是一片咬得很含蓄的派。至於女主人身材臃腫但機智風趣的姊姊（很容易想像一個不快樂的童年），伊娃拿下她的橡皮筋幫她重綁馬尾，換一個招搖的角度，幫她凸顯出一頭濃密的頭髮，那是她妹妹比不上她的一點。那個研究生那麼年輕，一臉疲憊，應該得到跟伊娃的丈夫一樣的待遇：親一下額頭，摸一下臉頰。

伊娃在一連串動作中停下來，把手指伸進剛打好的鮮奶油裡。打從女主人把它放在桌上，她就好想這麼做。她想要一直一直吃下去，但她還有任務在身。

剩下的兩個人很難分清誰是誰。他們整晚都在煽動話題，誰要對任何事發表議論，就會引來他們的一陣訕笑或質問。那兩個人叫什麼來著？弗瑞德和泰德？湯姆和榮恩？提姆和吉姆？但此刻這兩人張大嘴巴正要把滿滿一口派吞下去，看起來就沒那麼欠扁了。她輕輕在他們的派上灑鹽。

任務完成之後，伊娃退後一步欣賞自己的成果：一小群靜止不動的人類橫越生命長河，來到這張餐桌前。每一個都覺得自己沒人愛、孤單、愚蠢、笨拙、心虛、焦慮、有所欠缺。每個人每天早上醒來忙這忙那，盡量把事做對，刷牙，不讓自己丟臉，為自己的小小成就開心驕傲，奮力在一兩件事上展現威嚴。此刻他們困在自己最卑微的姿勢裡，看起來多麼脆弱，多麼可憐，多麼可親可愛！她不知不覺強烈意識到他們的骨骼，意識到他們的皮膚底下排列著肌腱、腸子和其他可怕的東西。她愛這群人——卡在某人牙縫裡的萵苣、額頭上的一排痘痘、襯衫上的污漬、磨破了的衣服下襬。

她走回主人面前，身體呈現最不自然的一種姿勢。她知道他也跟她一樣，整晚都覺得格格不入。她知道所有人都跟她一樣，整晚都覺得格格不入。

正當她再一次把嘴湊近他的時候，魔咒解除。

大夥兒突然間又開始吃吃喝喝，倒酒，呼吸。所有人都瞪著她，不敢置信地眨著眼睛。主人正在倒鮮奶油，她伸長脖子湊近人家的臉是在幹嘛？還有，怪了，女主人的祕魯護身符怎麼會跑到她的脖子上？

接著，那兩個難以分辨的人把鹹鹹的派吐進餐巾。一頭霧水的圖書館員從黏黏的盤子裡救出她的眼鏡。主人的胖姊姊伸手去摸她換了位置的馬尾。伊娃急忙把項鍊還給女主人。有人大喊，誰好大膽子把手伸進剛打好的鮮奶油裡面。她親愛的丈夫露出善良而略顯難為情的眼神。伊娃鎮定下來，從容地繞過餐桌坐回座位，在那裡把這一切盡收眼底。

生命照護中心

Life Care Center

我姊姊躺在病床上可能會死，也可能不會。跟她的病房隔著一條走廊的病房，有個女人整天都在呻吟幫幫我啊。

我們應該去幫她嗎？最後我忍不住問我爸媽。

幫誰？我爸問。

那個一直在喊幫幫我的女人，我丈夫說。

不用，她不需要幫忙，我媽說。

好美的向日葵，我說。好美的蘭花。真賞心悅目。

你有消毒手嗎？我媽問。手一定要消毒。

蘭花和向日葵，我說。不覺得它們放在一起意外地搭調嗎？

一開始我們也想去幫那個喊幫幫我的女人，我爸說，但護士小姐說她從早到晚都在喊，沒有一天間斷。

你知道，蘭花跟向日葵剛好是兩個極端，我說。

你們餓了嗎？我爸問。那裡有巧克力。

你們在飛機上有吃東西嗎？我媽問。

今天早上醒來還在布魯克林，現在就到了科羅拉多，很難相信吧，我爸說。

嘿，她笑了！我丈夫說。你們看，她笑了。

哇，我爸說。太棒了。哇，你看看。

嗨，姑娘，我說。

笑咪咪、咪咪笑的小姑娘，我媽說。你笑是因為知道你妹妹和她男朋……丈夫飛過大半個美國來看你，是不是啊，小姑娘？

你嚇到我們了，你知道吧，我說。

謝謝你笑了，寶貝，我媽說。

電視上，歌舞片《七對佳偶》正演到蓋穀倉那一段。六個身穿鮮豔襯衫的兄弟在鋸木架上跳舞。我爸和跟我老公把我姊的病床整個扳直，讓她坐起來。

真心話：我從沒在我姊的眼睛裡看出她有反應的跡象。小時候她呻吟的時候，我偶而會不小心把她叫成我們家的小狗，說「乖乖睡，小花！」，然後趕緊改口，只希望爸媽沒聽見。

病床上笑咪咪的姑娘笑了。

生命照護中心那條馬路對面有家新開的咖啡館。玻璃櫃裡面總共有十三種甜點：大黃麵包布丁、水蜜桃派、蘋果派、巧克力蛋糕、胡蘿蔔蛋糕、肉桂卷、巧克力豆餅乾、燕麥葡萄乾餅乾、蔓越莓司康、檸檬方糕、杏仁可頌、巧克力可頌、巧克力杯子蛋糕。**所有甜點皆由本店自製！包括脫鞋麵包！**

我們看得讚嘆無比，忍不住問老闆娘：要怎麼做那麼多東西？這些甜點全都由她一手包辦。她一頭紅髮，牙齒又大又黃。她說：如果你們想知道我是怎麼做的，拿派來說好了，我會先做好一大塊派皮，然後凍起來，等到要做新的派再拿出來；

就像今天，我做了十八片派皮。如果你們想知道司康是怎麼做的，我先做好一大批司康麵糊，然後放進冰箱凍起來，等到要烤司康再拿一些出來，灑些胡桃或你手邊有的配料進去。或是先做好十批比方巧克力豆餅乾的麵團，整成圓形再凍起來，每天早上只要丟一些進烤盤就有新鮮的餅乾出爐了。基本上我就這樣輪流做，比方今天早上我做了十八片派皮，其實就是這樣循環，而且杏仁內餡可以放好幾個禮拜……

她全部解釋完的時候，我們已經喝完蘑菇湯、吃完脫鞋麵包。我們已經在想像自己站起來走出門，步向這排商店街的停車場，坐上車，越過馬路，回到已經有十六天沒吃過一點東西的病人身邊。我們已經開始覺得噁心想吐。老闆娘的牙齒好黃好黃。我們離開之前，她硬逼我們試吃她做的檸檬方糕。我把方糕切成四塊，你們一人一塊！怎麼樣？喜歡我做的檸檬方糕嗎？剛剛蘑菇湯的溫度猶存，酸味在我們熱熱的嘴巴裡彈跳。

午餐過後，老人在照護中心的走廊上排成一列。他們坐在輪椅裡，因為穿了尿布，褲襠都好大一包。有幾個人特別突出。有個女人頭都禿了，只剩下百來根白髮。有個男人的皮膚白到像死人。我不敢相信他們會讓一個死人跟其他人坐在一起！有個女人身上綁了十二條鮮豔的橘色帶子固定在輪椅上。另一個女人帶著熱切的笑容，問每個路過的人「你今天有帶嗎？」「東西帶來了嗎」。有個男人還能問我們「她怎麼樣了？」我們也還能回答他「她今天終於吃東西了。」

但這些老人彼此之間的差異，或許大部分都是我們想像出來的。其實他們在走廊上排成一列，就像一頭巨大怪獸，彼此難以分辨，散發出一股尿液和魚煮過頭的味道。

經過他們面前就像被夾道鞭笞一樣。我們不知道該對他們笑還是迴避他們的眼神。也不知道他們是盯著我們看，還是把我們當隱形人。他們知道自己老了，身上發出陣陣臭味嗎？

那就像童話故事裡的情節：很久很久以前，在一座古老的城堡裡……至少我們都努力這樣告訴自己。

我姊其實不真正屬於這裡。她比住在這條走廊兩邊房間的人年輕五十歲，但她弱智的程度又符合入住的資格。（拜託不要用那個詞。拜託連那樣想都不要。）但她（殘障？殘缺？殘廢？）的程度又符合入住的資格。她——的程度符合入住的資格。她跟其他人一樣不能走路，不能自己進食，得包尿布，動不動就生病，容易得到致命的肺炎。因為她不能說話，我們除了她的笑容，也沒有別的可以期待。這種情況會讓人很悶，也會把人的耐心磨光。

但她是那麼的神奇、那麼的神祕，終究還是融入了這個地方。成了這個瀰漫惡臭、住滿老人的城堡裡一個美麗的異數。

她被隔離之前，其他老人都為她神魂顛倒，護士小姐是這麼跟我們說的。

很久很久以前，有個年輕美麗的女子嫁給一個一表人才的年輕人。兩人生下一個漂亮的女嬰，但女嬰卻遭到了詛咒。

過程是這樣的：女嬰生下來時都很正常，完美無瑕，白白胖胖，惹人憐愛，甜美可愛，漂亮討喜。但就在快滿一歲前，她想不起新學會的字，腿變得軟弱無力，翻白眼，頻繁搓手，舌頭垂在外面。

因為如此，很難為之後出生的孩子歡欣鼓舞。

（請給我一個醫學上的解釋？最後診斷出女孩得了雷特氏症候群。雷氏症候群？不對，是雷特氏症候群。就是妥瑞症嗎？不對，是雷特氏症候群。你說雷特·白瑞德[1]的那個雷特嗎？對，只是英文拼法不太一樣。我有白瑞德症候群不是一天兩天的事了！所以那到底是什麼？一種神經系統疾病，女嬰發病率約兩萬分之一。只有女嬰會得？出生時完全正常，然後突然就停止發育。平均壽命多久？未知。可能的死亡原因？肺炎，或因脊椎側彎和吞嚥困難影響肺部正常功能。）

我跟我丈夫現在就跟我爸媽當年一模一樣。一樣年輕漂亮，一樣充滿希望。新婚。一個振奮人心的詞。

我在這裡沒有食慾。

有股尿臊味。我的頭髮上也有。

這種事也可能發生在我們身上。

我們想把我爸媽送回三十年前一個無限可能的夜晚。把他們重新變年輕。讓他們坐上我們家那張給太陽曬傷的廉價沙發。把他們兩個人緊緊包在一起，十指交

1 譯註：《亂世佳人》的男主角。

扣。電視上正在播放黑白電影。馬克杯裡裝著濃濃的熱巧克力。陰暗的十月天關在窗戶外面。印度毛毯暖融融的重量。

她最喜歡的電影：《七對佳偶》
她的年齡：二十九歲又二十六天
今日消耗卡路里：二二五大卡
今日固體排泄物：彈珠大小，褐綠色
今日液體排泄物：兩片尿布量，深黃色尿液

在越南餐廳裡，我們四個人狼吞虎嚥，舉起水杯。無比欣慰地慶祝這些小小的奇蹟：攝取熱量超過兩百卡；出現了一小顆糞便；一半嘴角上揚看似一絲微笑。

春捲。蔬菜鍋。花生咖哩。糙米飯。都很容易入口。咀嚼或吞嚥對我們都毫無困難。

接著我爸說：「沒有父母應該為孩子的死亡做準備。」

他的頭沉重地支在手上，手肘呈奇怪的角度擺在桌上。

一杯啤酒就快見底。酒已經沒氣，不再呈金黃色，多半只剩氣泡。

我媽把她的一副昂貴的太陽眼鏡忘在越南餐廳。這種時候掉了這種東西照理說應該無關痛癢，卻反而給人一種體悟：不管是什麼東西，遲早都會失去。

我跟我丈夫堅持要留下來過夜。我爸媽想必鬆了口氣。這就是我們來這裡的目的，來接他們的班。護士推了一張小床進來。上面鋪著粉紅色的聚酯纖維床單。我們得穿長袖衣服睡覺免得皮膚癢，還得抱著一起睡不然床太小。護士每兩個小時就會進來檢查點滴，確認她沒有摔下床。並不是說她有可能摔下床。但他們對待她的方式就像她有辦法把自己推下床，也給予了她某種程度的尊嚴。

幫幫我啊。走廊對面的女士整夜沒睡連連呻吟。

我丈夫小聲地對我說：你姊的手腳摩擦床單發出沙沙的聲音。誰的手腳摩擦床單都會發出同樣的聲音。她的跟你的聲音在黑暗中沒有不同。

這裡應該叫做死亡照護中心。

天啊，不覺得這裡好熱嗎？

其實我會冷。

早班護士說晚班護士說她從沒看過這麼漂亮的兩個年輕人睡覺。

我跟我丈夫逃到馬路對面的雜貨店。我們站在雜誌架前翻閱簇新閃亮的雜誌，為那些燦爛奪目的臉孔著迷。我們得想辦法抽離。

回去的時候，我們從吃完早餐在走廊排成一列的老人鞭笞隊伍前走過去。

年輕人回來了，那個臉色像死人的男人說。

其他人點點頭，也可能沒有。天啊，那股尿臊味。

也許他們不是夾道鞭笞我們，而是看著我們招搖過街。

進了我姊的病房，早上的風吹倒了向日葵。水灑得到處都是。地板濕滑危險。我姊躺在床上彷彿在笑。

電視正播到《七對佳偶》的最高潮。大家來啊！米麗……米麗生寶寶了！

海倫！走廊上有人喊。海倫！但那個人不是在跟我說話，謝天謝地。海倫！回來！這邊！你房間在這邊，不是那邊！海倫扶著助行器慢慢從門口滑過去。她的頭垂得好低，擱在低垂的胸部上。她穿著暗綠色的棉絨運動服，屬於童話故事的材質。這邊，海倫！這邊！那個不斷呼喚我名字的好心護士安慰到我。願神保護她。願神保佑海倫。

我爸的疲憊從瘦骨嶙峋的雙肩看得出來，他的骨頭日漸明顯。

我媽的疲憊從布滿血絲的眼睛看得出來，說紅得像血也不誇張。

我希望他們兩個是我的小孩。我要烤派給他們吃，哄他們上床睡覺。

還有過程的枯燥乏味。餵半茶匙，然後等四十五秒，注意吞嚥的狀況。餵半茶匙，然後等四十五秒，注意吞嚥的狀況。兩百卡就要餵一個半小時。可別小看這一連串單調無趣的步驟。

到附近湖邊散步時，我們看見兩個小男生拿石頭丟鴨子。我們看見紅色、紫色、橘色的湖邊雜草。我們看見一個男人在虐待三條魚。太陽底下沒有新鮮事。

餵食過程中只要有個閃失就可能致命。她體內的通道經常亂七八糟，喉嚨裡的肌肉反應遲鈍。食物很容易掉進她的肺臟，然後在那裡腐爛。

馬路對面有片國定古蹟。一部遮蓋起來的馬車，一座農場。害羞的導覽幾乎一句話也不敢說。進了主屋，我們伸手去摸巨大的木頭，原來屋裡的裂縫最初是用泥巴和蜂蜜補起來的，現在當然換成了水泥。好多巨大的石砌壁爐，整個房間都用來展示羊毛紡織的技藝。我實際試了試。童話裡的小女孩，小心翼翼把腳放在踏板上，手握住輪子，努力取悅露出淡淡微笑的導覽，取悅我爸、我丈夫，努力讓這一天顯得正常、愉快，讓這趟參觀不只是暫時轉移注意力。

在生命照護中心裡，我媽很無聊。

在老式印刷店裡，我們看到千千萬萬個金屬小字母，有了這些字，要寫什麼書都不是問題。

很久很久以前，有個神奇的建築物裡住著老到不能再老的人。這裡的每場婚禮都有一個最後儀式：新人要從這棟建築的走廊穿過去，走廊上一整排都是坐在特殊座椅上的老人。每個老人都會給新人一個祝福，走到黃昏下之後，這對新人會變得比以前更堅強、更富足、更快樂。新婚之夜時，他們的皮膚和頭髮飄著一股陳年尿漬的味道，早上兩人一起走到波光粼粼的河邊，為彼此沐浴。此後餘生，那股尿香將會永遠提醒他們曾經領受過的富足和喜樂。

我們到底讓那些老人感到嫉妒還是快樂？海倫有沒有找到她的房間？我們不應該去幫他們的，你知道。

他們也曾經有工作、有朋友。聽起來很不可思議，但肯定是真的。他們也曾經穿著不那麼柔軟、寬大的衣服。

回到《七對佳偶》的一開頭：大哥剛說服米麗嫁給他。他在她臉貼著母牛寬大溫暖的肚皮擠奶時說服了她。

我媽說：這個禮拜以來我看了這部片的前十五分鐘二十遍。

我們的悲傷都是關於自身的悲傷。自身的遺憾。自身的缺陷。

小時候我們看過這部電影無數次。很快男女主角就會結婚，駕著馬車回到山裡，米麗會發現丈夫原來有六個髒兮兮的弟弟，她會教會他們一些禮貌。每句台詞我都已經滾瓜爛熟，但仍舊看不膩，反而還會好奇接下來會發生什麼事。

但是我們得走了。要趕飛機之類的。

走廊對面：**幫幫我**。

渴望把《七對佳偶》看到最後，因為沒有辦法如願而感到遺憾。我們一直拖到米麗強迫六兄弟脫下他們的衛生衣褲，直到她訓練他們怎麼追求女生，直到又來到蓋穀倉的那一幕。笑咪咪的姑娘走之前或許再也看不到我了，但她還會看很多次這部片。突然間她把目光從電視螢幕上別開，直直看著我的眼睛。

突然間你把目光從電視螢幕上別開，直直看著我的眼睛，不知是寬恕、質問、感謝、懇求，還是告別。你為什麼這麼做？你從來不會這樣。

真心話：小時候，別人問我懂多少，我會照標準答案說「全都懂了」。長大以後別人問我懂多少，我會說「什麼都不懂」。

別擔心。你盯著我看的時候，我知道你認出了我。不會有錯。那個眼神讓我全身戰慄。

今後你會困在這裡，在越來越昏暗的房間裡，伴隨著對面房間的幫幫我，永無止盡地看著《七對佳偶》，天荒地老地思考蓋穀倉那幕之後的下一個場景，而我不得不把自己從那一幕抽離，表面上因為不能看完整部電影而覺得遺憾，其實是因為要離開你而覺得遺憾。

早在還沒變成我丈夫之前，他就問過我，她可以做什麼？

她可以笑。

還有嗎？

她可以哭。

還有嗎？

走向門口，金黃色的門檻，又跑回去。

一個靜止不動的女孩獨自一人在已經變暗的房間裡。《七對佳偶》在變暗的房間裡。興高采烈的歌曲。興高采烈的歌曲。興高采烈的歌曲。

走在一條遙遠的黃土路上。他跟我，肩並肩。已經晚上了，但天空還白白的，空氣還是粉紅色。世界逐漸暗下來時，顏色反而變亮。一株紫苑。一匹馬。一把青草。即將浮現的星座。炊煙。虛空和疲憊。

遠遠的來了個神奇的生物。跟小象一樣大，棕色皮毛像毛茸茸的猛獁象。不知哪來的神奇怪獸從暮色中走來。先是驚奇，而後是恐懼。但是……奇獸其實只是兩個人，一男一女，隔著幾步的距離走在越來越暗的世界裡。

合體
The Joined

美麗的太空人在星球上漫步，周圍的景色讓人想起地球，只不過土壤是紫色的，天空是黃色的，草地是紅色的。除了這些細節，此情此景讓我們想起曾在課本上學過的中世紀村落。太空人彎彎曲曲越過草地，逐漸逼近一片茅草屋，太空裝讓她的動作略顯僵硬，但仍然看得出她的動作優雅流暢。抵達村落時，她發現一小群外星人聚集在中央廣場上。這些外星人跟人類相像的程度超乎想像。他們的皮膚從淺咖啡色到深咖啡色都有，有的穿裙子有的穿褲子，當中有老人、小孩、嬰兒、夫婦，跟在地球上一樣。事實上，他們跟人類幾乎沒有兩樣，除了……呃，怎麼說呢，他們的稜角不知為何比較不那麼鮮明。有點模糊。很難完全確定他們身體在哪裡收尾。

他們看起來很友善，對太空人露出笑容，嘴唇也跟我們沒有不同。看得出來他們想觸碰她，但出於禮貌又打住。母親制止自己的孩子。老人抓住彼此顫抖的手。有個年輕強健的女孩把水桶放下水井，提了一桶水給太空人，水多到都滿出來，但太空人沒接受。也許她不想把頭盔拿掉。也許她擔心對方給她的不是水。女孩沒有因此生氣，只是把水桶提回井邊，把沒喝的水倒回井裡。

太空人似乎很感動。她指指自己的心臟。沒人想得到他們能擄獲我們的心。她直視他們，想跟他們每個人眼神接觸，視線跟外圍某個高大的外星人對上。他長相俊俏，與她的美麗不相上下。他的眼神溫柔而熾烈。

她的身體開始晃動。他也開始晃動。她上升到離地面幾吋高，雙腳掃過紫色的乾土，揚起一陣薰衣草色的灰塵。一股隱形的力量快速將她推向他，同時也把他推向她。其他外星人讓開。一道猛烈的黑色閃光模糊了他們相遇的那一刻。攝影機一定是損毀了，因為鏡頭只捕捉到這個畫面。

那畫面太驚人。

看第五十次就沒那麼驚人了。

事件發生後的那個禮拜，電視頻道瘋狂播送這段影片。一開始我們也為之瘋狂。

「你看！那裡！就在那道黑色閃光的中間！」

「怎麼會有黑色閃光？閃光不都是白色的嗎？」

「這次你看見了嗎？」

「看見什麼？喂，你把屑屑掉得到處都是。」

「就是我叫你看的東西啊！」

「什麼東西？」

「黑色閃光中間有個裸女！還有個裸男，但要看見他比較難，他有點……怎麼說呢……霧霧的。」

「裸女？坐過去一點。」

「她怎麼可能全裸呢？千分之一秒前她還穿著太空衣。」

「我不知道，我又沒看見。」

「我就叫你看啊！為什麼你都不聽我的？」

「我可以吃掉最後一塊薑餅嗎？」

「快看，電視又在播了。」

「大驚喜。」

「這次仔細看，好嗎？注意找那個裸女，下次播你再找那個裸男。你都沒在看！」

「你很好笑耶。」

「你要很仔細看，過程只有十億分之一秒。」

「寶貝，你很好笑。」

「你有在看嗎？」

我們為她哀悼。一串串花圈堆在白宮的階梯上，彷彿是總統失去了心愛的人。雜誌專題和電視特別節目都在討論這件事。我們從中得知太空人從小在中西部的農場長大，後來去讀美國空軍官校。我們為她的成就和貢獻喝采。

七天之後，其他太空人又把攝影機架設起來，恢復運轉。所以才會有新的影片傳回地球：一名男性太空人站在太空船的銀色腳架旁，對地球上的所有觀眾坦承，事發之前他正打算跟美麗的太空人求婚。他們一起受訓、一起飛越太空等等，經歷了那麼多事。他潸然淚下。鏡頭跟著傷心的他在陌生星球的山丘和溪谷間遊蕩。他嘆息，地球上的我們也隨之嘆息。我們躺臥在沙發上摩擦著彼此的腳。

他來到一條溪邊。溪水金光閃爍。有個年輕的外星少女站在那裡，裙子撩到膝蓋上綁住，手裡拿著水罐。她彎身觸碰一隻半像青蛙半像蟑螂、坐在灰色蓮葉上的粉紅色生物。太空人發出聲音，或許是在忍住啜泣。少女抬頭看他，一驚，然後事情就發生了。太空人的身體開始晃動，女孩也開始晃動。有股力量把她從溪水裡拉到岸上，金黃色水花四下飛濺。同樣的力量把他從地上拉起來，直直推向她。

黑色閃光再度出現。

地球上的我們為那名男性太空人哀悼。我們想像兩名太空人要是能回到地球結為夫妻該有多麼幸福。

這次其他太空人三天內就修好了攝影機，但映入我們眼中的卻是一幅氣氛凝重的畫面。原本的十二名太空人只剩下四名，四個人都擠在太空船底部。一名中年女性太空人用沙啞的聲音解釋其他六名太空人出了什麼事。

新聞播報員問，「你說的**它**是指什麼？」聲音橫越浩瀚的宇宙劈啪作響。

「它，」她睜大眼睛說，「它。」

當我們越來越確定她會兩眼發直站在原地沉默不語直到天荒地老的時候，她發出喃喃細語。我們拉長了脖子仔細聽。

「它們都很幸福快樂。」

接著她跑進森林，離開無人操作的攝影機的鏡頭之外。

過了兩天。記錄了四十八小時太空人從事每日例行工作、迴避消失隊員的問題的枯燥影像之後，太空人在太空船裡準備晚餐時，鏡頭上出現某種奇怪生物緩緩靠近攝影機的畫面。那個生物有點像……像兩個人背靠背，但只有一個軀幹和一個頭。頭的前後各有一張臉，兩對耳朵，四隻手和四條腿。珍珠般的小屄上面有一對活潑的乳房，對面是恬淡平靜的屌。生物的古銅色皮膚閃閃發光。

我們認出了那個美麗太空人的臉。

面對攝影機的就是那張臉。她似乎沒意識到全世界都看得到她的乳頭，果然跟我們大家想像的一樣小巧細緻。

「你們一直都很寂寞，」她說，聲音低沉渾厚。看過電視特別報導的我們都回想起他爸媽拍的家庭錄影帶片段，片中她的聲音是吱吱喳喳甚至有點刺耳的中西部腔。「你們一直以來都遺失了自己的另一半。來這裡尋找幸福吧。偶們很幸福。」

「偶們？」我們抬起頭，異口同聲。

那個美麗太空人變成的生物，自願讓前隊友把她綁在緊急救生艙裡送回地球。一週後生物抵達時一派鎮定，並接受了醫生、心理學家和太空總署科學家的一連串測驗。兩張笑咪咪的臉龐、恬靜的性器官、厚實大腿和發亮皮膚等等，無數影像傳送到我們的客廳。

原本屬於美麗太空人的那張臉負責說話，但真正在運作的似乎是一顆全然不同的腦袋。她爸媽被帶進房間時，生物給了他們溫暖的擁抱。不過，每個跟它接觸的人都會得到溫暖的擁抱。當美麗太空人的完整教名一次又一次被複誦時，生物發出低沉的悅耳笑聲，但不是認出自己名字的笑聲。若要求它形容自己的感受，它只會說，「偶們很幸福。」

「去死吧，」我們說，把爆米花丟向螢幕，把身上的毛毯拉得更緊。

一場研討會在維也納召開，當今最傑出的科學家和學者齊聚一堂。生物也前來參加，鏡頭還捕捉到它坐在奧地利木匠特別為其特殊體型精心打造的座椅上的照片。

研討會後，一位知名教授去上黃金時段的電視節目，宣布發現了人類幾千年前遭宙斯一分為二並驅逐的陰陽人祖先。教授指著一張過度簡化的圖，上面畫著中間連著許多彩色線條的兩顆球，向觀眾解釋若研討會所得的理論和公式正確無誤，那麼地球上每個人在新星球上都有可以與之對應並結合的另一半，進而得以回復到最初的雌雄同體狀態，達到完美無缺的幸福境界。

我們看著彼此說，「幹。」

雌雄同體熱潮席捲了地球。電視上到處可見那個生物：喜樂光輝燦爛和諧至福。

我們想把頭髮拔光光。

其他的雌雄同體坐上第二個緊急救生艙送回地球。我們開始稱這些生物為「合體人」。新抵達的合體人出現在電視上。每次提起「寂寞」、「不滿」、「無聊」這些字眼，它們只會露出和善、不解的微笑。合體人對這個世界的形容是純淨、明亮、清新、芬芳。這有可能是我們居住的同一個地方嗎？

那次的小狀況我們剛好也看到了（我們常常都守在電視前）。當初跑進森林的那名中年女性太空人以合體人的新面貌出現在電視裡。她正滔滔不絕形容著那份喜悅時，有個一頭灰色亂髮的男人衝進攝影棚，又哭又喊，雙手不停比劃。

「葛楚，」他哭喊，「葛楚啊！」

合體人用困惑而仁慈的眼神看這名愚蠢的瘦削男子。

「親愛的，」他說。

「很抱歉，」女主持人說，「我們先進廣告，休息片刻，馬上回來！」

兩分鐘後回到節目現場時，那個老傢伙不見了，合體人談到了心靈的祥和寧靜，赤裸裸的乳房垂在肚子上方。

總統宣布這顆新星球將命名為希特拉厄星[1]。聽到新聞播報員努力要發出那個音，我們很快發現這個決定未免太缺乏遠見。過去這種事一定會把我們逗樂，但我們的客廳此時卻籠罩在前所未有的焦慮不安中。

聯合國迫不及待要提高世界公民的人生滿意度，以刺激低迷不振的太空巴士產

1 譯註：Htrae，即Earth倒過來寫。

業，便順勢推出為地球人類在希特拉厄星找到速配另一半的計畫。這個新機構的負責人保證，只要將血液、汗液和淚水加以比對，人人都能成為合體人。有個作業快速的醫生團隊從六個項目進行檢測，根據檢測結果加以配對，這六個項目分別是：1.性別、2.身高、3.生日、4.血型、5.頭形、6.腸子的形狀。只要六個項目齊備，保證能配對成功。有個團隊奉命前往希特拉厄星收集數據，然後將數據輸入巨大的電子資料庫中。此後越來越常有人從地球前往希特拉厄星，變成合體人。他們異口同聲說「偶們」。我們在地球上為他們祝賀。

所以這就表示，如果他們在希特拉厄星找到一個女性身高一百七十七公分，在二十四年前的十月十一日出生，血型Z+，頭部耳朵上方有個小酒窩，腸子天知道是什麼形狀，那麼的話……

如果他們在希特拉厄星找到一個男性身高一百六十五公分，在二十三年前的二月九日出生，血型Y-，頭部沒有地方凹凸不平，而且……

「好，」我們說，「就這麼辦。」

所以我們領了申請表，做了規定要做的事。我們也覺得寂寞，對生活失望。我們跟所有人一樣，想要有點不一樣、比現在更美好的人生，也跟其他人一樣抱著希望等待回覆。

然後有一天，我們下班回家發現信箱裡有一封公文。有個人已經百分之百配對成功。信上通知，配對成功的申請人受邀明日前往搭乘太空巴士飛往希特拉厄星。

我們望著我們的公寓：破舊的沙發、一小堆沒洗的碗盤、發出綠色光的海馬檯燈、看似從二流汽車旅館偷來的床單。我們之中有一個人會留下來繼續看電視，繼續把自己裹在深藍色的毛毯裡，繼續在坐墊邊邊找到薑餅屑。

我們開始收行李，為該帶哪些東西意見不合，唯一的共識是：應該不需要太多東西。一旦成為合體人，其他一切都不再重要，看起來是這樣。過去的上衣褲子顯然不可能合穿，再說就算為他們量身打造漂亮的新衣服，合體人還是寧可赤身裸體。他們的皮膚永遠閃閃發亮，所以帶可可潤膚乳液要幹嘛？行李收到一半我們就決定把牙刷、洗髮精、襪子和書拋在腦後。

今天是我們在一起的最後一晚，所以我們決定離開客廳，沿著河邊散步。河邊當然滿地垃圾和空啤酒罐，但幸福人生就在眼前，自然就很容易忽略這種事，我們把那封公文帶在身上。

我們在水泥護欄上坐下來，這裡應該就是河堤吧。月亮又黃又細。我們想在空中尋找希特拉厄星的蹤影，可惜眼睛不夠好。

我們坐在河邊，默默無語。

再也不會有一個人在床上翻來覆去吵得另一個人睡不著覺。再也不用為球芽甘藍該用蒸的還是煎的吵個沒完。再也不會為了冷氣定時爭執不下。再也不會被噴嚏聲嚇一大跳。再也不會聞到怪味。再也不會有人吃東西吃太大聲，再也不會有人忘了清理灑在廚房地板上的蜂蜜，再也不會一大清早被甩上衣櫥門的聲音吵醒。

我們在那裡坐了很久，用小學學過的方法把那封信對折，沿著折線撕開，一撕再撕一撕再撕直到變成好多張碎片，如同消失了一般。

回到家，你沖了澡，儘管浴室有點發霉。我坐在馬桶座上。到處找不到指甲剪。一條白毛巾吊在洗臉盆上。洗手台上有一抹牙膏的污漬。一小段牙線掛在垃圾桶上。你洗頭髮時，浴簾上的斜紅條紋隨之晃動。你不小心把淋浴間的肥皂掉到地上，我伸手把它撿起來。浴室裡熱氣蒸騰，把我們變成鏡子裡的兩團白影。

血肉之驅

Flesh and Blood

一切是從禮拜二的早上開始的。我的房東去了佛羅里達州，整個週末都不在。低頭瞥見他在兩樓底下的後院裡邋裡邋遢地走來走去，看見他的皮膚紅成那樣，我有點吃驚。佛羅里達！老白男去把自己曬得紅通通的地方。我離開窗邊。佛羅里達我也去過，跟一大群朋友，開心快活的一週，但已經是好久以前的事，記憶早已模糊。

沖了澡，手腳塗上乳液，享受自己皮膚黃金般的健康觸感。鏡子裡的我，臉幾乎像在發光。身體裡外都乾乾淨淨，早上也準時解了大便，毫無瑕疵的腸胃已經在期待牛奶、穀麥和蘋果。

並不是我對自己的生活有什麼不滿。還算年輕，還算漂亮，有間乾淨舒適的小公寓，有父母可以探望，有朋友可以訴苦，有個輕鬆愉快的約會對象，有攝影這個嗜好，在一家法國餐廳當女招待，碰到插花的事大家都會聽我的意見，沒有天大的創傷，感情也沒有受創，偶爾覺得空虛寂寞，覺得人生沒意義，但想像自己跟其他人沒兩樣讓我覺得欣慰。

一直到公車站，我都還可以活在自己的世界裡。在大城市裡還有可能。但後來上公車刷卡時，我看見公車司機的手臂和手，他的手指敲著方向盤。

我的第一個直覺反應是想吐，但因為一直都是有禮貌的好孩子，所以硬是忍了下來。第二是尋找合理的解釋。他是個老兵，好慘啊，不要瞪著人家看。但當我的視線從他的手臂移到他的脖子、他的臉的時候，這個解釋帶來的安慰瞬間消失。

我看得見他的肌肉、他的血管、拉開的肌腱、突出的眼球、頭顱的顏色。

其他要上公車的乘客有點不耐煩，稍微往前推擠，輕咳幾聲。我轉過頭，拋給他們一個帶著同情和警告的眼神。我後面的女人穿著一件淺棕色的雨衣。我轉過身才注意到那件雨衣，因為雨衣上面的頭沒有皮膚。

我喉嚨一緊，踉踉蹌蹌往前摔。

「泥還豪麻？」公車司機說著我聽不懂的話，血紅色肌肉往旁邊縮，露出白得嚇人的牙齒。

我抓住金屬握桿不敢放手。一張開眼，一排排沒有皮膚的臉、突出的眼球和扭曲的嘴巴迎面而來，大家都在看著我出洋相。

其中一個人站著問，「要不要坐下來，親愛的？」似乎是個男人，但很難確定。我搖搖頭，抓著握桿。我死也不要跟他們坐在一起。光用想的都覺得恐怖、荒謬到極點，我差點要笑出來。那個「男人」聳聳肩又坐回去。

還有希望。說不定一下公車就沒事了。說不定這輛公車受了詛咒、見鬼了，還是怎樣。為了對這個希望表達敬意，我別開目光。

「怎麼了，妹子？」沙夏問。他拉開鬼臉，飛也似地從我面前跑過去，肌腱糾結的手上掛著兩個酒杯。我發現鬼臉在他們臉上就等同於微笑。「九桌快把我搞瘋了，剛退了一瓶卡本內蘇維濃，老闆火氣很大，媽的電話又一直響。」

我僵立在迎賓櫃檯前，望一眼有如地獄直送的畫面：一排排衣著光鮮的肌腱、肌肉和骨頭，有的啜紅酒，有的戳沙拉。

老闆大吼「芝麻葉！」時，我看見他手臂和脖子上亮閃閃的白色脂肪在顫抖。

我跑進飄著薰衣草香的廁所狂吐，強烈意識到膽汁經過我體內的洞穴和通道往上湧的灼痛感，一直吐到什麼也不剩，甚至還希望能再多吐一些。

外面有人敲門。

「哦，不好意思。」彬彬有禮的英國腔，跟我打開門時優雅地讓到一旁、微血管交織的嬌小軀體對比強烈到讓人抓狂。

餐廳的人好心讓我早退，恐怖的嘴巴吐出擔心的話語，建議我回家喝薑茶看浪漫喜劇，我在這裡的人緣一直都還不錯。他們說話時，我努力把視線聚焦在他們頭頂上方一個乾淨空白的地方。踏出餐廳時我總算鬆了一口氣。

但街上的景象也沒讓我比較好過。

有隻松鼠身上沒皮、沒毛，也沒有毛茸茸的尾巴，活像凶神惡煞。有隻狗大模大樣走在人行道上，像從惡夢裡跑出來的怪物，所有器官全部暴露在外面。

經過遊樂場的時候，有一度我不得不用手遮住眼睛。小孩跑跑跳跳，用力盪鞦韆，掛在單槓上，對自己身上的組織和血管產生的可怕交互作用渾然不覺。我親眼看見一個冰淇淋三明治掉下一個小孩的食道。

我逃到一家服飾店的純白試衣間喘口氣。但把襯衫從頭上脫下來時我突然想到，說不定那些人的其中一個試穿過同一件襯衫，曾經把這塊布料從臉上、內臟錯綜複雜的噁心肌理掃過去。

公車上，有個嬰兒趴在媽媽的恐怖手臂上睡覺，跟其他人比起來，嬰兒的樣子沒那麼嚇人，畢竟嬰兒一出生就血肉模糊，幾近透明，所以也不覺得太奇怪。

回到家我才終於能夠喘口氣。我一絲不掛地站在鏡子前，深深呼吸，每多看正常的人體一秒，心情就越加平靜。重點不在於那是我的身體（熟悉的身體、胸部和乳頭確實有種無可否認的魅力，讓我心懷感激），而是那是一個完整的身體。有皮膚的身體。

我喜極而泣。在這之前，我從不相信人可以因為開心而哭泣。

觸碰到自己的身體時，我立刻開心大叫，整個人趴在梳妝台上，陷了進去。

我拉上窗簾，拿出一本本亮晶晶的攝影書，欣賞上面的模特兒和名人，他們的皮膚五官和完整的身體。

我認為這會有結束的一天嗎？

我相信一定會。

打電話請一星期的假。快速跑到角落的商店買些生活必需品（醃菜、麵包、牛奶、罐頭水蜜桃、花生醬、義大利麵、番茄醬），收銀員幫我結帳時，我看到他的韌帶差點尖叫。用輕鬆愉快、閃爍其詞的簡訊回覆朋友的電話。沒人會真的打算這樣過活。

後來我媽打電話來說他們這週末要開兩個小時的車來城裡，下午想載我到附近的海灘走一走。這對他們來說很稀鬆平常，夏天每幾個禮拜就會有一次，也是我生活裡的小確幸。我跟大多數人不一樣，對爸媽還真沒有什麼不滿。

我叫我媽這週末先別來，或許改到下週末或下下週末。問題出在我說的方式太過輕鬆，反而讓她覺得出了什麼事。她馬上起了疑心，擔心我怎麼了，更加堅持這週一定要來。

「好吧好吧好吧，」最後我不得不哀怨地說。

最好別去海灘。太多皮膚露在外面——還是太少？待在市區會好一點。或許吃個早午餐，再來些不需要脫衣服的靜態活動，比方泡在黑漆漆的電影院？但我知道我爸媽絕不會把可以跟我相處的時間拿去看電影。他們一定會眉開眼笑、無限慈愛地對我說，我們老了想什麼時候去看電影都可以！

我為了理想的早午餐地點想破了頭。擁擠的美式餐廳或許不錯，可以分散注意力，但我受得了一整間屋子吱吱嘖嘖咀嚼食物的血肉之軀嗎？在家自己下廚應該最簡單，但還是有不少問題。首先，我拒絕到轉角商店以外的地方買菜。第二，獨自跟我爸媽沒有皮膚遮掩的身體相處會把我逼死。第三，這間公寓是我唯一的避風港。

最後我決定去公園野餐。周圍有別人，但又不會太多，而且我媽一定會喜歡張羅野餐的東西。果然，我打電話回去建議一起去野餐時，從電話中就可以「聽到」她嘴巴的肌肉拉開，露出笑容。我聽得到那個聲音感覺不太妙。

我心裡當然還抱著爸媽不會血肉畢露出現在我眼前的希望。

星期六那天，當我打開公寓門，瞥見媽的牛仔褲和爸的棒球帽的那一刻，我的腦中還閃過一絲希望。

我婉拒了他們想先上樓坐坐的提議，推說陽光正好，我迫不及待要去公園野餐。我親愛的媽媽血脈歷歷、骨頭稜稜地站在我面前。她準備得超級豐盛，我們把紅白方格圖案的野餐墊鋪在湖邊，坐在上面野餐。餐點有水煮蛋、葡萄、氣泡水等等等。我爸媽都愛賞鳥，兩人聊到天鵝、鴨子、紅翅黑鸝，甚至還瞥見一隻蒼鷺，你可以想像那種鳥跟人的手一樣精密複雜，一樣讓人害怕。

爸！他為什麼一定要穿那件該死的卡其短褲？

我媽很介意我沒吃鮪魚沙拉三明治，她特地為我做了沒加美乃滋的沙拉，一再強調**沒放美乃滋**喔，用手骨連成的網絡把一串串葡萄遞給我。我偷偷把葡萄放進我後面的杯子裡，盡量把視線集中在我爸媽的虹膜上，那裡至少沒有其他地方看起來那麼嚇人。

但這樣好累，不久我就忍不住閉上眼睛，躺在野餐墊上假裝睡著。閉著眼睛躺在那裡，聽他們說話，我幾乎可以相信他們不是兩副布滿微血管的骨骼。確定我睡著之後，他們開始談起我的事。他們沒說什麼我不愛聽的話。大概就是擔心我還沒找到對象，希望我對目前的生活覺得滿意，看到我長成一個明事理又能獨當一面的孩子而感到驕傲。我「醒來」之後，他們說看我睡覺好滿足，就像我小時候看我睡覺一樣。要不是這句話出自我爸的恐怖嘴巴，我應該會覺得很窩心。

當我媽脫掉她的運動服，底下的花襯衫瞬間往上拉，露出她的肚子時，我差點失聲尖叫。

看見陌生人或不熟的人那樣就夠糟了，更何況是生你養你的爸媽。你被逼著接受他們身體的結構、他們體內亂七八糟的血管、小小不起眼的頭顱，認知到這個脆弱的個體就是你出生的地方。

之後我就小心避免往他們的方向看。跟我媽擁抱道別時，我壓抑著噁心想發抖的衝動。換我爸過來抱我的時候，噁心感突然轉為同情，但那樣更糟，糟糕透頂。我求他們別上樓，直說昨晚有朋友來找我，廚房一團亂，我覺得很丟臉。

上了樓，回到我乾淨又安靜的廚房，獨自一人，我把手、手臂、脖子、臉，凡是他們碰過我的地方都洗了一遍。後來乾脆跑進浴室站在蓮蓬頭底下沖水，為我爸媽脆弱的血肉之軀痛哭失聲。最後我走去照鏡子，欣賞自己的皮膚，但寂靜無聲的公寓讓我無法專心。這裡變成了世界上最安靜的地方。

那個男人出現在我面前。沒啥大不了，但我們已經約會過六七次。並不是我覺得他是我的真命天子，但我們前幾次約會都開開心心，越混越久，馬拉松約會十二個小時之後不得不分開時，已經開始有點依依不捨。所以這段時間他一下打電話，一下發電子信，想辦法要跟我聯絡，但我都隨便丟一句但願還算風趣機智的話就打發人家。

但此刻他就站在我住的公寓門口，手裡兩朵非洲菊，旁邊一台腳踏車，一臉骨頭和肌肉坦露在我眼前。

「去你的，」他說，「本尊來了。」

要不是我努力不看他，我應該會笑出來。

「我可以把腳踏車牽進去嗎？」他問。

我把門推到底讓他進來。不幸的是，他穿著短褲和夾腳拖。我看著他牽著腳踏車穿過短短的走廊，肌腱隨之牽動。其實從這個角度看——後腿和腳跟——不算太糟。

沒有皮膚的老二看起來很怪，白森森，像來自外太空的東西。睪丸黏黏的，比什麼都要脆弱。老二變硬變大時，變得更恐怖，但也更毫無防備。我驚訝地發現自己居然有點濕，但接著他把恐怖的舌頭推向我的舌頭。

我看著我從沒看過的人體部位，肺臟、腸子、肝臟、肋骨，詭異的人體結構。但我接受了他。我扭動脖子，閉上眼睛。裡頭的感覺都一樣，美好，當下。沒有皮膚也沒差。我好愛。我不敢張開眼睛。

　　但之後距離越拉越近，這種時候沒辦法一直閉著眼睛（我知道應該只盯著他眼睛裡的虹膜看，只看那仁慈的深棕色虹膜），我低頭看見兩副身體，一副器官相連、勃勃脈動的身體，和一副包在皮膚裡光滑乾淨的身體。我伸手把他拉得更近、更緊、更牢，手繞過去抓住他的脖子時，我瞥見了自己的手指，看見精密複雜的肌肉、肌腱和骨頭。我的手變成一隻血紅色的怪鳥。

海嘯來襲時

When the Tsunami Came

海嘯來的時候，我們——我跟我丈夫——不屬於好人那一邊。我們在街上，跟多年來仍像陌生人的左鄰右舍在一起。三十呎高的海嘯從康尼島直撲而來，化成千萬碎片的雲霄飛車。

那是三月裡風和日麗的一天。

海浪捲起好多東西，在這裡列出或許是為了營造一種詩意，從茶杯到嬰兒車應有盡有，但在我們眼裡卻沒什麼了不起。看起來就像垃圾。報紙上說的沒錯：從倒塌建築物揚起的滾滾灰塵可以估算海浪的進程。

我們看到1B棟的那對老夫婦。他們姓坎貝爾，還是溫斯洛？有時候我會擔心他們會不會聽到我們做愛的聲音。雖然看起來不像有錢人，但他們有部積架。星期六一大早我去等自助洗衣店開門時，都會看見他們慢慢走向那部積架。他們穿著高雅的衣服，紫色和咖啡色，像要去有點好玩又不太好玩的地方，就像墓地之後接著鬆餅屋。老太太曾經好心提醒我，「洗衣店要八點以後才開。」老人家以助人為樂。「你應該去遠一點那一家，」她還不死心。「謝謝，」我有禮貌地說，我一直相信自己比一般人更和善。「謝謝，」我又說，滿懷感激，雖然我當然還是待在原地。1B棟住戶的事，我知道的全都告訴你了。

除非碰到特別的狀況，不然你不可能知道自己是好人還是壞人。**我看見人醜陋的一面，後來也看見人善良的一面。有些人只想到自己，看到老人只會把他們一把推開。**

但想想日後要受的良心譴責：餘生你連一杯水都不如，即使你知道年輕人先救自己並沒有錯。

遊戲

Game

她整天都在吸吮紫色糖果，吸到嘴唇都流血了。那些糖果的邊緣很銳利，味道像香水。只有她和十九世紀的老處女有辦法喜歡那種糖果。他們在玩一個遊戲：她逼他吃紫色糖果，除非他答得出她考他的稀奇古怪的問題，比方她媽的中間名或她弟的生日。路邊一排玫瑰果，大得像癌細胞。所有東西都長得太

「我們會玩得很開心的，對吧？」

「那不在你說的地方。」

大，大得過分。他們坐在車裡，但感覺就像騎著腳踏車穿過街道。所有美夢、惡夢般的植物都朝他們逼近，蔓延到人行道上。玫瑰果、野葛、忍冬、海草。他開得很慢。風在車裡鑽進鑽出。她不需要告訴對方她的嘴巴在流血。他早就知道，她的事他都知道。他們在玩遊戲，她問他，你猜得到我現在的感覺嗎？她用血淋淋的嘴巴說：**你猜得到我現在的感覺嗎？**最近這陣子他們心情低落，所以沒人該為他們此刻的快樂眼紅。他們結婚的那一年後面很多0，所以很容易記住下一個重要的結婚紀念日。七十五年在可能的範圍內。這個事實讓她開心，她又放了一顆紫色糖果在舌頭上。

「我們會說那是一天中的黃金時段。」

「我不會無聊。」

「你沒找到我的外套？」

「有點陰陰的。」

在海灘上荒涼而遙遠的另一頭，有隻小蟲停在她的乳頭上。是某種綠色的蒼蠅，她讓牠停在那裡，上上下下快速地扭動身軀，直到他開始吃味，把書攤開來擱在沙灘上為止。小蟲飛走時，她對牠滿懷柔情。這份柔情延伸到他，還有海鷗，還有他們經過的赤裸老人身上。他們側躺著，他的肚子貼著她的背。每次有遊客拿著相機晃過去，他們就會自動切斷，分開，若無其事地躺臥在各自的毛巾上。這變成了一種遊戲。那種快樂幾乎讓人覺得難受，因為即使還置身其中，你卻已經開始害怕不再能置身其中的那一刻。頭頂上方，巨大的黑鳥在海面上盤旋，等著捕捉魚或其他

「要是我們記得日期就好了！」

「青花菜煮過頭了。」

「魔鬼蛋真丟人。」

「你是說你不覺得自己光芒四射？」

「還在下雪？」

「你不記得我說過的話了？」

「等等，我還沒準備好。」

獵物。底下，他們繼續一開始的遊戲。中間被打斷七次，他變得有點按捺不住。她抓準時機說：*那些是禿鷹嗎？*他分了心，沒聽到她的問題，後來這個問題也依舊無解。這個時候，他把手指放進她體內。*你想知道你跟他的差別嗎？*她問，覺得好累也好熱。她的嘴唇已經曬傷，腫了起來。*跟他在一起我說哦天哪，跟你在一起我說，哦幹。*他聽了很樂，突然想跟她玩飛盤。但他們沒有飛盤，就算有，她也會藏在袋子底下騙他沒有。*這樣吧，她說，我來考考你。*他說：*你的嘴巴還在流血，不是嗎？*她說：*我們的婚姻最像1、一團玻璃，2、一團樹枝、3、一團海草，4、一*

「我想我做了個惡夢。」

「你想他們快樂嗎？」

「嗯，洋甘菊。」

「你呢？」

「那很好。」

「你有寫在單子上嗎？」

「我好累。還有吃的嗎？」

團水泥，5、以上皆是。有個黑黑的東西噗通掉進海裡。他們兩個都看到了。可能是一隻鳥，也可能是其他東西。他們等著它重新浮上海面，卻不見它浮上來。所以也許本來就是無生命的東西，比方石頭、半導體收音機。也有可能是掉進海裡才死掉的東西。她的手在他的手裡兩指交叉，不知道這個手勢在另一隻手的包覆下還有沒有保護的力量？我有什麼感覺？他說，回教徒到了西班牙就把大教堂改成清真寺，把用來排成聖母瑪麗亞的瓷磚重新拼成花朵馬賽克。你會覺得聖母瑪麗亞變成了花。美是美，但還是不倫不類。不倫不類的感覺讓她疲憊，她睡著了。十七分鐘之後醒

「紅酒沒了？」

「快點。」

「垃圾又發臭了。」

「我還是聽不到你說話。」

「我眼睛痛。」

「我們沒有藥嗎？」

「時候不早了。」

「你的牛仔褲好臭。」

來時，她看起來不太一樣。毛巾在她的皮膚上留下奇怪的花紋。她的下巴線條比之前模糊，也不像之前那麼年輕。他不想看她，但又沒辦法不看她。怎樣？她問。怎樣？

我們來玩個遊戲，她說。站起來。她站在他面前，全身上下除了太陽眼睛和一束海草之外，什麼也沒穿。從這個角度他看不清她臉上發生的可怕改變。他很睏，沒心情再玩另一個遊戲，也不想改變這個令人滿意的角度，卻還是站起來，因為有一刻覺得她看起來很討厭而感到內疚。假裝我正在消失，她說，慢慢倒退著走向大海。假裝我就要消失在大海裡，以後你再也看不到我了。她

「那個你沒搞定？」

「時機不對。」

「把那些拿來這裡好嗎？」

「我受夠了冬天。」

「我沒睡好。」

「謝謝。」

「你為什麼不先刷牙？」

「你怎麼可能不冷？」

「那會是很不錯的一天。」

舉起手，直直往前伸，兩手軟綿綿。假裝你在我永遠消失在大海裡之前，還有一次救我的機會。他建議她喝點水。來嘛，想像看看！他說她看起來像脫水了。他拉開背包的拉鍊拿出一顆蘋果。他問她的嘴巴是不是還在流血。我是認真的，她說。我就要消失在大海裡，如果你不來救我，你就再也見不到我了。她倒退走，腳步很慢。他把蘋果丟在毛巾上走向她，快接近她的時候，她轉身跑走。她繞著圈圈來回奔跑，他追上去，老二晃來晃去，但神奇的是，他怎麼樣就是抓不到她。來抓我啊，她喊。抓不到我，我就會永遠消失了！她衝向海浪。他發現自己跳進了一個規則多到

「紋路全錯了。」

「那什麼？」

「你得在這上面簽名。」

「我會盡快回來，好嗎？」

「我要去銀行。」

「你以前很愛這個表演。」

「我還以為你忘了。」

「麵包吃完了？」

「我不認為會像這樣。」

「這顏色不會讓我看起來像生病嗎？」

「冰箱壞了。」

「有聽到那個噪音嗎？」

數不清又模糊難解的遊戲裡。他全速追著她跑，猛抓她身後的空氣。她跨過海洋的門檻。水濺得好高。她跑進浪裡。他倒下來，跪在岸邊。

海灘上，一顆橘子在海浪裡滾過來滾過去。在細沙的襯托下顯得太橘。它來回滾動的路線完美無比，彷彿一直都在那裡，永遠都會在那裡。你想海水有防腐效果，能讓橘子不腐爛嗎？她問。

「你知道我比較喜歡杏仁。」

「不對，七點。」

「怎麼樣？」

「他們沒有你喜歡的牌子。」

「你是說你把鑰匙弄丟了？」

「我肚子痛。」

「對我來說太亮了。」

「希望你不介意吃燕麥片。」

「你記得那隻猴子嗎？」

「馬桶還在漏水。」

「可能會下雨。」

「好，我會弄。」

「他們沒比你好。」

「我找不到。」

「你走之前關上窗戶好嗎？」

我們之中有一個人會幸福快樂，只是不知道是哪一個

One of Us Will Be Happy; It's Just a Matter of Which One

很久很久以前，有個皇后和國王坐在一模一樣的兩張王位上，一直以來都是如此。皇后和國王很受百姓愛戴，因為皇后總是把丈夫的幸福快樂擺在第一位，以賢妻形象聞名遐邇；國王也總是把妻子的幸福快樂擺在第一位，以賢夫形象聞名遐邇。忠誠子民排成長到沒有盡頭的隊伍，彎彎曲曲繞過城堡的長廊，延伸到大馬路上。子民抬頭挺胸踏進覲見室，樸素的鞋子輕輕拍打著大理石地板，地板像西洋棋盤一格一格。子民舉手投足不卑不亢，態度莊重自持，皇宮也以禮相待。

子民會將各自田地、溪流、森林和穀倉裡的收穫獻給皇后國王。向日葵高高堆

起，還有一捆捆小麥和去了皮的小型哺乳動物。一大簍一大簍的雞蛋，一木箱一木箱的蜂巢。一堆堆羊毛、銀魚、南瓜、石頭。有時候這些貢品會伴隨著噩耗而來，或是被噩耗取代，例如火災、洪災、旱災、債務。皇后和國王的嘴唇會隨之上揚或下沉，上揚時寬懷微笑，下沉時悲傷皺眉。分享喜悅讓喜悅加倍，分享悲傷讓悲傷減半，這些都是子民熟知的道理。

因此生活有好有壞，有盈有缺，有喜有悲，有幸有不幸，彼此消長，日復一日，年復一年，生生世世，直到永遠。

有時會有妙齡女子進宮，兩兩成雙或三五成群。這些女孩在棋盤地板上輕歌曼舞，唱的民歌既熟悉又陌生，像在娘胎裡聽到的聲音。國王不知道歌舞表演是皇后為他安排的，還是宮中樂師請來的。她們跳舞，把頭巾抛向空中，細緻膚色深淺不一，眼眸和小腿閃閃發亮。

是的，國王強烈意識到她們的存在，意識到當她們在冰涼的大理石地板上舞動時，他兩腿之間發熱的感覺。皇后也強烈意識到她們的存在，意識到她們的身體曲線跟她相似和相異之處。

她請這些人是為了取悅國王，還是嘲笑甚至誘惑國王？皇后自己並不知道問題的答案，甚至一天每個小時都有不同的答案。

終有一天，國王會離開王位，走向其中一個妙齡女子，跟她一起消失在走廊裡，片刻之後才會返回王位，回來之後變了一個人，或者完全沒變。有一天，皇后會看著國王離開王位走向其中一個女孩，帶她到城堡遙遠的另一端的高塔上。他多半會把手放在她的額頭中間往下滑，釋放一聲橫越城堡、傳向皇后所在之處——她坐在覲見室豎耳細聽——的叫喊聲。當國王回到王座時，她會像過去愛他一樣多，或者多一點，或者少一點。當他把手伸向她時（手掌仍留著別的女人的汗），手可能摸起來像一把刀。或許當他把手伸向她時，他的手會像火一樣熱烈，而皇后會觸摸到那種喜悅。

也或許，國王永遠不會採取行動，他雙腿間的熱度終究會冷卻下來，然後消失。也許皇后終其一生都會沉浸在國王未曾動搖的痴情愛戀中，置身在燦爛奪目的堅貞愛情裡，連死亡到來也渾然不覺，一直以來都比任何一個女人夢寐以求的更接近天堂：安全，溫暖，寧靜。

也或許，皇后會漸漸發現自己就像個獄卒，一串重得不可思議的鑰匙掛在她的腰際，看守著全世界最小、最可笑的牢房：一個門上的小盒子，大小剛好夠放一個老人的陰莖。

皇后和國王坐在一模一樣的王坐上，子民排隊將這回的貢品，水果、姑娘等等，倒在他們面前的棋盤地板上。如果你夠幸運，說不定會很難得地聽到他對她輕聲細語，或是她對他輕聲細語。

「我們之中有一個會難過心碎，」他或她會說，「只是不知道是哪一個。」

你說不定會聽見另一個回答，「我們之中有一個會幸福快樂，只是不知道是哪一個。」

情人限定
Things We Do

1.

我跟以前愛過的一個人開過這個玩笑。我們會跟彼此說：說我愛你，那是*我們*之間的事，我們專有的，只屬於我們兩個，不管我們以後怎麼樣，你都不能跟其他人說我愛你。或者：做愛，那是*我們*之間的事，我們專有的，你最好永遠別跟其他人做這件事，即使分手以後也是。你當然可以跟他們做其他事，你可以在陽光下跟任何人在任何時間做任何你想做的事，但絕不能是那件事，因為那是*我們*的事。

後來，我設法跟另一個我更愛的人讓這個玩笑重新復活。上酒吧喝琴湯尼，把自己灌醉，開始東南西北聊個沒停，那是*我們*之間的事。結婚，那是*我們*之間的事，無論你去哪裡或做什麼或遇到誰，都要記得。可是讓人沮喪的是，這個玩笑不再好笑。現在我說出口的時候，聽起來就像是認真的。

2. 脫下結婚戒指和訂婚戒指放在壁架上，兩只戒指乖巧地躺在一起。這就是東西的特點。他們是那麼的聽話，你要問我的話，這點還真他媽的令人欣慰。你把東西放在壁架上，它們就會一直待在那裡，直到有人過來或有其他事發生。

3. 我們不該一直喝三美金一杯的琴湯尼，但我們得有更多想像力才停得下來，再說日落的顏色就是酒的顏色，而且酒吧後面的院子外面，牆上的常春藤微微顫動，好像屬於一個更美好的地方。

4. 最近我迷上了「**狠狠地**」這個詞，以前我也迷過別的詞，比方**搖籃曲**、**樂翻**

天、然而。結果用得太頻繁，主要在我腦袋裡，但也會真的說出口，比方說「我得狠狠地研究一下怎麼組裝那個Ikea書櫃；最上面那部分尤其要給它狠狠地弄懂。」

5.

我們的朋友稱讚我們公寓裡的盆栽。他們說，「哇，你們好多漂亮的小盆栽喔。」

於是我說，「謝謝。這些盆栽是我們去苗圃買回來的。那家苗圃在歐希里大道上，如果你們好奇想知道的話。」

但大家已經眼神渙散。

而你……我們選盆栽的時候，你一路都在打呵欠！

6.

統御天下者，唯有冰淇淋。[1]

1 譯註：美國詩人Wallace Stevens的作品，詩名就叫The Emperor of Ice Cream。

赤裸裸，如獸，蹲坐在地。

我想說背幾句以前在英文課上讀過的詩可能有幫助。不過第二句完全是你想出來的，靈感來自看到我凌晨三點蹲在我們公寓裡黑亮黑亮的木頭地板上。你想得出這麼貼切的句子，對事情的掌握那麼精準透徹，凡此種種都給了我希望。後來我們放了音樂，在公寓裡跳舞，也同樣給了我希望。

我不會否認這陣子我超級迷戀希望。

7.

我可能會懷孕，你知道嗎？每次吵完架就做愛，說不定真的會。

什麼？

這樣亂搞我可能會懷孕。

什麼？

也許你應該上來這裡。

什麼？

也許我們可以說說話。也許這樣你會聽得比較清楚。

你不會懷孕的。

8.

我有個想法：從此以後我再也不寫不真實的事了。我只要寫百分之百真實的事。在苗圃裡打哈欠的那個男人說，「你這輩子從沒寫過虛構的故事，半個字也沒有。」

9.

假設我懷孕了。你想它對這些毒素會有什麼感覺？

三美金的琴湯尼，嘴唇上的萊姆，沉吟著「湯尼」這個字。對我阿祖來說那肯定是不一樣的東西，是內含藥草、能治各種疑難雜症的東西。[2]

2 譯註：tonic又譯通寧，通寧水過去曾當藥物使用，內含金雞納樹皮，可治瘧疾。

10.

叫我寶貝的男人不常出來，但每次出來，我在他身邊就像個小新娘，羞答答的。他似乎是那種可以跟拳擊台比喻產生共鳴的人。所以為了討好他，我說：「我們就像拳擊台上的拳擊手。」

他說（也許是為了討好我，誰知道呢）：「是啊，寶貝，說得好。」

11.

二年級的時候，我們為聖派翠克節做了捕捉精靈陷阱。我們把平常用來裝飾蛋糕的小金球放進陷阱裡，然後把陷阱擺在桌上。隔天早上，小金球都不見了，卻沒有人抓到精靈。我忘了這堂課的目的是什麼了，柯老師，但我記得你長長的手指甲搔著你的頭皮發出的邪門聲音。做陷阱很好玩，沒抓到精靈很教人失望，但那總之是個信念至上的年代。

「你看！」現在我選擇對剛剛又買了一杯酒的男人說，「有隻小精靈爬上那堵爬滿常春藤的圍牆！」

「唉，真是，」我說，「可惜你沒看到。」

12.

他說，「我渴望你。」意思是說，「每天晚上我都夢到別的女人。」她說，「我渴望你。」意思是說，「我想要不小心懷孕。」

13.

也許十三應該留白才對，就跟那些沒有十三樓的建築物一樣。還有一件事：我一年比一年更加迷信。再過幾十年，我會在脖子上掛一串大蒜。

14.

我丈夫睡不好。我想他滿腦子都是性。他告訴我，好不容易睡著之後，他夢見全家人都看他不順眼，除了一個怪咖表哥。

15.

我蹲在床上，幫認為我不會用整修這個字的男人按摩。做這件事讓我想起捏陶。慢慢捏揉，本來沒有的東西就會逐漸浮現。不是說我捏過陶。我也從沒完成一個碗，可以用它來裝東西。

16.

你可以說：「我們真的需要整修一下浴室。」你不可以說：「我們需要整修一下對這個問題的看法。」

17.

在辛辛那提的一間旅館房間裡，某人的九十歲老奶奶在浴缸裡跌倒，摔斷了三根小肋骨。

在巴基斯坦，逐年上升的水位持續上升。我很抱歉，但我想到的大概只有嬰兒。我只對有多少嬰兒溺死的數字感興趣。只要知道數字，我就可以名正言順地哀悼。

18.

炸彈把地球上那麼多地方炸得面目全非，但讓他們夜不成眠的都是些無法跟外人道的傷心事。

19.

他說：「拜託不要用第三人稱過去式來講事情。光是用第三人稱過去式不表示那就是一個故事。不要把第三人稱過去式當作你的護身符。」

她說：「他說，拜託不要用第三人稱過去式來講事情，接著她說，他說拜託不要用第三人稱過去式來講事情。」

20.

認識他以來我吐了三次。

1.那晚他在瓜地馬拉跟我求婚之前，黑豆湯／名叫蒙特祖馬的復仇的雞尾酒。

2.流產和公寓關閉前一晚，兩件事不可思議地發生在同一天。寶寶掉進省水馬桶裡。他說：「如果你說的『寶寶』是指『小小一團細胞』的話，那我就無話可說了。」

3.上禮拜吃完泰國奶茶冰淇淋之後，沒來由的。不是我要說，那個顏色有夠橘。

我當然一直在想那個隱形的寶寶，想它現在該要有三個月大了，想我的悲傷多過他那麼多，不想要身體裡都是硫酸鹽，謝天謝地我在準備學力測驗的時候學過這個詞。泰國奶茶冰淇淋害我嘔吐的那一晚熱得要命，我的寶貝對我好好，超有耐心的。

21.

我們的朋友對我們的婚姻很稱讚，要我們給他們一些建議。

我想到「好高鶩遠」這個詞，差點要哭出來，因為太美、太貼切。美極了。

22.

有一次，我寫的東西惹惱了某個比賽的評審。他下的評語是，「這篇文章寫的是這個女人只應該跟自己丈夫分享的事，但也許她甚至連自己丈夫都不應該說。」

23.

他老是叫我他的「小拚命」。他說：「你總是一試再試，拚命要把事情做好。」

這是讚美，也是羞辱。

24.

這陣子電燈泡讓我覺得平靜，水杯也是。

維基百科讓我覺得安全，報紙讓我覺得心虛。

臉書讓我想改變現狀，推特讓我想維持現狀。

25.

我曾經開玩笑地跟他說永遠不要跟別人說**我愛**你的那個人，最近跟我說：「你不管跟誰結婚都會幸福。你一向很博愛。我這麼說是一種讚美。」

我們好多年沒見面了。那天我們到舊金山的山坡上散步，感覺人生沒有什麼事不可能。

26.

有股無法滿足的衝動的男人來到吧台捏我的屁股。他這個人很好猜，但這不表示他不會嚇到我。

晚上我們一起躺在床上，睡不著覺，同舟共濟的感覺長久以來第一次那麼強烈。

船這個意象不錯，很有幫助。但當我努力想像那幅畫面時，我看到的是茫茫白霧，一艘架著老槳的木船，我們臉上的絕望表情。

27.

「我是怪物，我是怪物，我是怪物，我是怪物。」他連續說了四次，就像那樣，我分不出他是在開玩笑還是認真的。

28.

他說，「你就像、你就像、你就像一杯我每天早上都會喝的冷開水。」他老是想到這些超級有用的比喻。他是我做過最好的決定。他說，「你為什麼老是說言語無法形容？」

29.

晚上睡不著的時候，我會幻想我們的公寓比我知道的還要大，大很多。裡頭有我從來不知道的角落、縫隙和閣樓，甚至還有一區可以種下一整片森林！

30.

我有個計畫，期許今年的我會比往年都要快樂。我會一天天、一點點造出我的內在小窩，我的皮膚會比以前更光滑，我會有源源不絕的耐心，能跟陌生人輕鬆交談，說不定終於能學會吹口哨，不會再害怕開車。

要是那個名人沒有寫信給我說幸福婚姻都是假象就好了。老天啊，誰會在電子信裡寫那種東西？

31.

當他指著我大喊「你！」的時候，我分不出對方是因為愛還是不屑才選中我。

32.

「我只要X就好了，」他說。「什麼都不要。只要X。」

「X，」我說。「老天啊。」

「拜託，」他說，「別再那樣叫我。」

我很納悶「好高騖遠」是技術上實際會發生的狀況，真的跟有關拉馬駕車有關，還是只是一種修辭。

你只要把你的快樂跟我的快樂分開就好了，好嗎？好嗎？

33.

這種恐懼的感覺是怎麼回事？兩個禮拜前我寫了封電子信給一個老朋友，跟他說了那種無與倫比的幸福感，至少是指日可待的幸福感。

七隻螢火蟲，一個粉紅色的黃昏，無論是什麼，那都給了我滿懷信心的理由。

到現在還是。嘿，我們又不是命中帶衰好嗎。

34.

我們關掉冷氣。

我們打開冷氣。

我們關上門。

我們打開門。

我們想到自己的爸媽和他們的死亡。

我們想到自己的小孩和他們的死亡。

天氣很熱，但我需要熱牛奶。我知道鮮奶是給各種幼小動物喝的，我那麼大了還喝很噁，但我還是怎麼喝也喝不夠。

35.

「現在你對我好好，」喝著熱牛奶的女孩說，「謝謝，」

「不，是我要謝謝你，」站在冷氣機旁邊的男人說。

「哦，」她說，「哦，我希望我們永遠都對對方那麼好。」

36.

我在雜貨店看到一個帶嬰兒的女人。她讓我想到我自己，甚至連痘痘都跟我長在同一個地方。我走向她時，她咪咪笑。

「哈囉，」她說。

我在她的手推車裡看見牛奶、萊姆和一罐金球時，為什麼不覺得驚訝？

「你的寶寶叫什麼名字？」我問，一說出口就覺得我的聲音聽起來很凶狠，好像八百年沒跟文明人說過話。

但那個年輕女人只對我眨眨眼。「你知道嗎，」她說，「我甚至還沒幫她取名字呢。」

R

這天，我跟我妹妹到公園散步時發生了一件事。我們看到、摸到、聽到、聞到或感覺到某個我們從沒看過、摸過、聽過、聞過或感覺過的東西。因為對這種經驗毫無經驗，我們想破了頭也想不到形容它的字眼。

「軟軟的，」我妹說。

「很有力，」我說。

「像香水，」我妹又說。

「有泥土的芬芳，」我賣弄。

「『芬芳』是什麼意思？」

她不像我那麼愛用網路，所以比較無知。

公園在我們前面和後面延伸而去。從這裡看過去，很難相信公園水泥圍牆外就是一座城市。公園的樹木排列得整整齊齊，但這個時節樹葉橘黃粉紅深淺各異，增添了些許自然隨性的舒適愜意。

總之，我跟我妹在公園裡碰到的那個東西改變了整座公園。公園裡一向寂靜無聲。草皮綠油油，動也不動；樹林光線閃耀，一派寧靜；池塘平靜無波，綠藻掩映；團團紫苑默默綻放，凝然不動。這裡或那裡當然有些許動靜，比方白天鵝划過漆黑的水面；松鼠拖著焦黑的尾巴鼠模鼠樣竄進滿出來的垃圾桶；一群鳥從野櫻叢裡振翅飛起；千百隻合作無間的螞蟻扛著八分之一塊棄置的三明治列隊而過。但公園裡除了這些渾然不知外面就是繁忙城市、兀自蓬勃生長的生物之外，沒有任何其他的動靜。當然有人，也有狗，有個職業遛狗人牽著一大群純種狗，還有一群群小孩。除了這些生物以外，公園裡沒有其他東西會自己動或被移動。我們一直很珍惜這份寧靜。

直到剛剛說的那一刻。就在那一刻，公園裡的所有東西同時動了起來，照著同樣的順序旋轉和擺動。每片青草，每片葉子，每根樹枝，每株紫苑，每張被丟掉的糖果紙。放眼望去，每一樣東西都朝著我們的臉貼進又飛走，然後移向我們的右邊，再移到左邊，一再重複重樣的順序，右邊、前面、左邊、後面、左邊、右邊，以此類推。

這是禮拜三的中午（我們是晚上工作的廉價舞孃），公園裡空蕩蕩，沒有其他人跟我們一起見證這個奇怪的現象，或指控我們胡言亂語。周圍空無一人，讓我們又害怕又感激。我伸手去牽我妹的手，（或是）她伸手來牽我的手。我們站在那裡全神貫注感受那樣東西，尋找形容它的字眼。

「美麗，」她說。

「讓人困惑，」我說。

這個東西……你全身上下的皮膚都感覺得到它。

「新鮮，」她說，「美好。」

「讓人發毛，」我提議，「帶有侵略性。」

我看著我妹，我妹看著我。我們是同卵雙胞胎，我比她早六分鐘來到這世界。我發現這個東西可以掀起她的頭髮（我們的頭髮一模一樣，原本是暗棕色，現在變紅棕色，加了髮片變得又長又捲），拉起她的頭髮繞來繞去，纏住她的手臂和脖子，也纏住我的手臂和脖子。假髮對一個人的長相有神奇的效果。我們長得沒有非常漂亮，但接了假髮就能給人長得漂亮的印象，這比本來就美重要多了。總之，那個東西對我們的頭髮造成了很有趣的影響。

我注意到我妹的瞇瞇眼因為要抵抗那個橫掃公園的東西變得更瞇了，所以我知道我自己的瞇瞇眼也更瞇了。

「金黃色，」露又說。

「無色，」我跟她唱反調，「肉眼看不見。」

回到我們的房間之後，我們上網搜尋。露坐在我的腿上。她比我輕一公斤多，所以才有這個特權。她打下我叫她打的字：讓公園動起來的東西，搜尋結果只有公園夏季播放的電影資訊。

「好希望我們有去，」我說。我們老是錯過這、錯過那。

露不理我，繼續打字。這次她打的是她自己想的字：軟軟的、金黃色的、像香水、美好、漂亮等等等，想也知道搜尋結果是零。接著她換打我的，誤把芬芳打成分方，還有無色，還有令人發毛。結果還是零。我動了動腳，因為兩條腿麻掉了，不小心害露從我腿上滑下來，頭撞上金屬桌的尖角，割破了頭。

我很過意不去。

「沒啥大不了，」露鎮定地說。

「天啊，」我說，看著她頭上的血，「哦，天啊。」

「繼續找！」露命令我。「沒事，我沒事。」

我心不在焉地繼續搜尋，聽著她在浴室裡東摸摸西摸摸，用衛生紙按住血，到我們又髒又亂的抽屜裡尋找ＯＫ繃。我知道她在做什麼，就像我就在她身旁，跟她一起在浴室裡翻找著橡皮筋、髮帶，還有被灑出來的髮膠和過期的漱口水弄得黏答答的髮夾。她的光腳丫踩的粉紅色瓷磚縫隙間長出綠色的霉。馬桶長年一圈黃漬。腳墊的酸臭味和樓下飄上來的雪茄味。

想到露只能在那些抽屜裡找到破破爛爛的ＯＫ繃，我也沒了興致，隨便打了個**樹木搖晃**，沒想到就這樣找到了。

露走出來時，額頭上多了一條亮晶晶的蝴蝶形ＯＫ繃。那是專門為當時年紀還小、住在同一個房間的我們設計的。這個ＯＫ繃配今天晚上剛好，因為為了掩飾額頭上的ＯＫ繃，我們得在兩邊乳頭貼上相配的ＯＫ繃。

我把搜尋結果唸出來：人體感受得到的自然空氣流動，尤其會以氣流從特定方向吹送的方式顯現出來。

「沒錯！沒錯！」露說，在床上興奮地跳啊跳，把一顆枕頭往上拋。「就是這樣！」

「那是風，」我宣布。

隔天早上（應該說是隔天中午，因為我們一定要在房間待九個小時才准下樓吃早餐，因為睡眠對美貌不可或缺。我們每天晚上都應該睡滿八小時，外加半小時培養睡意，半小時賴床。這些規定都無視於我們的迫不及待；眼看小的可憐的窗戶另一頭的光線越來越亮，心裡只想快點出門），潘妮洛普夫人聽到我們的公園奇遇臉色一沉，把手中的鍋鏟遠遠一拋，在牆上留下一條蛋漬。

「真要命，」她說。她是個神經質、喜怒無常的女人，在溫柔慈母和凶狠老闆娘兩個角色之間變來變去。我們也不確定自己比較喜歡哪個版本的她。偏向慈母的時候她似乎比老闆娘的時候重了十磅。從一身有修身效果的全黑裝扮、她耳垂上的假翡翠，還有沒煮熟的蛋跟烤焦的吐司，就看得出來她今天是凶狠老闆娘。慈母版本的潘妮洛普夫人絕不會犯這種錯。桌上只有我們兩個女生，我們是最後一班吃早餐的人。看露身上的蝴蝶形ＯＫ繃這麼新，就知道她凌晨三點之前都被綁起來。因為我們一定都一起離開這個地方，所以我只好穿著一身亮片，全身發抖坐在後面房間的破爛沙發上等她，沙發上的彈簧咬進我的大腿，我努力要回想起我們在公園遇到的那個東西在皮膚上留下的一連串感覺，卻怎麼也想不起來。

因為其他女生都吃飽了，所以沒人目睹潘妮洛普夫人對我們（尤其是對露）說的一番話：首先，我們說公園有風是睜眼說瞎話，因為自從這座城市開始實施氣候管制之後，已經有二十年沒有人看過、摸過或感覺過風，那麼請問風要從哪裡來，拜託，一個水泥覆蓋的城市哪來我們形容的那陣輕柔的微風，好了，該去運動了。她破口大罵把我們轟出門，通過門口的大水罐時，我們照例把昨晚賺的錢投進去，因為不投錢大門就不會打開。我們投進去的鈔票和銅板堵住她的嘴，她眉開眼笑用高級香水往我們身上噴，我們踉踉蹌蹌爬下水泥階梯，踏上狹長的人行道，旁邊就是六線道馬路。

我們走了十三條街到公園。聽其他沒那麼受歡迎的女生說，早上太陽出來的時候，街上的汽車看起來都很光滑漂亮。但我們被放出來的時候，陽光已經變得黯淡灰沉，車子看上去也灰灰土土。

但現在我們想的除了汽車，還有別的。我們靜靜邁步，想著同樣的事，不像平常那樣在雜貨店外面流連，盯著一排排滿布灰塵的糖果和盒裝甜甜圈看。就連我們去公園不得不換上的一身發潮、素樸的灰暗衣服（長度到腳踝的羊毛裙，笨重耐穿的鞋子，扣到脖子的上衣，海軍藍毛衣），都不像平常那麼壓迫。

公園再一次起了風。

風是在我們走到草皮中央時出現的，跟昨天一樣。公園一樣空蕩蕩，我們再度站在各種動態變化的中央，假髮繞著我們飛舞。現在我懂了。風是因為熱冷空氣交互作用而產生的。

它是從哪裡來的？我把腦袋向城市四面八方千篇一律的街道延伸，延伸到記憶的最邊界，一排排灰色的建築物、灰色的街道、灰色的汽車。那片景色，還有翠綠到幾乎讓人承受不了的公園景色，是我唯一知道的風景。冷熱空氣要在這裡的什麼地方交會並產生交互作用？在這樣冷熱適中、垃圾袋推得高高的城市街道上，不會產生那麼清新的東西。

但是這陣風，所謂的「風」，清新得像是……我想得到能拿來相比的東西不多。露剛洗完澡？一個月一次的香草豆冰淇淋？

「該死，」露讚嘆地細聲說，我也一樣。不是我們該用的字眼。該死，因為那陣風不是我們想像出來的。該死，因為這似乎是會害我們惹上麻煩的事。該死，因為那感覺好極了，可以加進我們的夢想清單。

這陣風還有別的效果，我會知道是因為我看著露就等於看到自己。它讓我們的臉頰變紅潤，讓我們的眼睛閃閃發亮。

出場之前，我們每個人都會被帶進一個大到容納得下一個女生的冰櫃。我們要在裡頭待六十秒，穿著亮片裝沙沙發抖，這樣走到觀眾面前時，乳頭才會達到正確的質感，人看起來才會楚楚可憐得恰到好處。顧客對亮片和絕望的結合反應極佳。要是我們因為冰櫃太冷而流下眼淚更好，水汪汪的眼睛閃亮又迷人。所以不哭比哭還要叛逆。我跟露找到了控制眼淚的方法。我們想像上帝捏著我們的淚腺，眼淚因此流不出來，所以我們一次也沒哭過。

隔天，我們下樓吃早餐時，慈母潘妮洛普夫人正翻著煎得剛剛好的鬆餅。她穿著一身鬆鬆垮垮的花花洋裝，稀疏的頭髮上了捲子。她一把抱住我們兩個人，然後退後一步打量我們，臉上露出有點悲傷的笑，一臉不以為然，我們愧疚得要死。這就是為什麼溫柔慈母和凶狠老闆娘誰好誰壞很難說的原因。老闆娘或許會讓你覺得自己又蠢又笨，但從不會讓你覺得自己令人失望。

「天氣真好，」潘妮洛普夫人說，指著從廚房小窗灑進來、跟往常一樣黯淡灰沉的陽光。

我們吃了熱騰騰的鬆餅，加很多奶油（凶狠老闆娘要是看到準會嚇到），有一小片刻覺得溫暖又滿足。

我們用叉子去撥盤子剩下的糖漿時，潘妮洛普夫人說，「哎呀呀，我從沒看過你們兩個丫頭那麼神清氣爽。」

「那是因為……」露及時停住。

「因為什麼？」潘妮洛普夫人追問。「因為什麼？」

「因為天氣很好，」我說，「就像你說的。」

潘妮洛普夫人懷疑地打量我們，突然間更像凶狠老闆娘，不那麼像慈母。我跟露在大木桌底下捏捏彼此的手，同時站起來，走向掛毛衣的走廊衣櫃。

「站住，」潘妮洛普夫人說。「你們有說失陪嗎？」

「請容我們先失陪，潘妮洛普夫人，」我們異口同聲。

「不行，」她說，兩眼盯著我們不放。「你們兩個坐下來不許動。」她衝出廚房，穿過走廊走進她的套房。我們從沒進去過，但聽說過裡頭有天鵝絨簾、珠寶盒，還有兩百雙鞋子。

這種事從沒發生過。十年來我們從來沒在早餐過後被留下來。我們輪流把奶油條切成薄到不會被發現的薄片，放在舌頭上融化。

老闆娘潘妮洛普夫人換上一襲黑色洋裝從她房間走出來時，門鈴正好響了。我們把頭從廚房伸出去看。門的另一邊站著一個胖警察。潘妮洛普夫人走過去跟他磨蹭。警察拿著手銬走向我們，潘妮洛普夫人抓住我們，捏著我們的手臂，我跟露抱在一起痛哭失聲。但他把我們銬在一起之後，我們就平靜下來。曾經有其他雙胞胎被活生生拆散。我們聽說過，也知道有這種事，但從沒談過或想像過。

潘妮洛普夫人把頭伸進警車，一瞬間又變回慈母。她喃喃地說，「親愛的，你們看到不該看的東西，有了不該有的感覺。」她捏捏我們的臉頰。警察捏捏她的乳頭。她拿給他一個南瓜甜甜圈和一個咖啡隨行杯。我們把頭埋進彼此的假髮裡。把我們拴在一起的手銬貼著手腕感覺冰冰的。

警車穿過千篇一律的城市街道，半路上警察想跟我們玩一個遊戲。他描述了他的每個同仁的長相，這個耳朵上有顆痣，那個屌很小，另一個是死魚眼，要我們告訴他某某人有多常上我們那裡、叫什麼服務、給多少小費。一開始我們說我們不記得了，是真的，因為每個客人就跟淋浴時沖在頭上的每滴水花一樣難忘。但是他的口氣越來越凶，我們的記憶漸漸被喚醒，想起了一些事。沒錯，我們記得誰誰誰，給小費很大方，給小費很摳，喝醉就打人，喝醉就樂開懷，等等等等。每說一樣，那個警察就會捧腹大笑，從他放在前座的大袋子裡拿給我們兩顆M&M花生巧克力。

接著，他非常害羞地問我們記不記得他。

啊，記得，當然記得，可不是有過那麼一段時間嗎，喔喔喔，我們兩個人和他。

接著他拉下臉，說他從沒上過我們那裡，我們要怎麼記得他，他是個規矩正派的顧家好男人，甚至還有兩個女兒，我們不過就是兩個滿口謊話的小妓女，把他借給我們的M&M巧克力還給他。想到我們欠他的M&M巧克力都已經躺在肚子裡，我們只覺得噁心想吐。

最後，我們望著無止無盡的灰色街道睡著了，醒來時太陽已經西斜。警車停在一間歪歪斜斜的小木屋前，小屋對面是一間更小的小屋。小木屋後面有一叢樹，像網路上的圖片。那個警察不見了。要不是手裡抓著露的手，我就會覺得害怕。我拉拉她的手，她轉向我。她的髮片亂了，臉上濕濕亮亮。

「這是我有生以來最棒的一天，」她輕聲說。

「對，有史以來最棒的，」我附和她的玩笑。

但她對我的諷刺搖搖頭。「最棒最棒的一天，」她喃喃自語。

「什麼？」我把手抽開。

「這一整天，」她說，眼裡閃著淚光，「我們開車離開市區，來到一個不同的地方。」

「我以為你睡著了。」

「是你睡著了。」

我用力拉開車門手把。

「鎖上了，」露說。

「可惡，」我說，期待露跟我異口同聲。

歪斜小木屋的門打開，那個警察走出來。這麼一個胖子從那麼小的門口走出來還滿爆笑的。有個身材瘦小、一頭黑髮、五官跟鉛筆一樣尖銳的男人跟在他後面。警察用親切而誇張的手勢拍拍那個男人的背。我們受過唇語訓練，因為就算整個地方鬧烘烘，我們也要能夠了解客人的需求；就算在擁擠的房間裡，我們也能解讀客人的慾望。所以我看得出警察對那個男人說，「你知道該怎麼做。」

瘦小男人走到警車的窗戶前，拱起雙手遮住眼睛透著玻璃直視我們，眼神熾烈，像野獸的眼睛。

成熟的草莓一叢叢跟還沒熟的長在一起，所以要採收紅的，又不能傷到綠的，每一株都很費工。採第一排還不覺得那麼累人。在日出的陽光下跪在濕濕的泥土上，對我們來說很新鮮。陽光更偏向黃色，而不是灰色，手上的大桶子漸漸裝滿神奇的鮮紅色也讓人心滿意足。連我們身上的麻袋衣都帶有某種魅力。我不介意跪在我妹旁邊採收一排草莓，聞著過熟草莓的香氣，這味道我們並不陌生，因為以前我們都會吃草莓果醬。

吃就更不用說了。我們不確定能不能吃，但決定不去問那個瘦小的男人。他叫醒我們的方式是把一隻公雞丟進我們睡覺的宿舍，宿舍裡有三十九張空床，一張我跟露睡的床，因為我們做什麼都在一起。這間木屋乍看之下很小，其實是棟長長的低矮建築，我們選了離門最遠、位在盡頭的下鋪。那隻公雞橫越整個房間走向我們，對著我們的耳朵啼叫。我們下床之後，公雞昂首闊步走向掛在牆上一對掛鉤上的麻袋衣。我們脫掉笨重的羊毛裙和硬邦邦的牛津襯衫，換上那套奇怪的制服，身體在破曉起了雞皮疙瘩，走出木屋那一刻彷彿比原來的感覺輕盈了一些。瘦小男子站在外面，手拿著兩疊桶子。他對我們笑，露出血淋淋的尖牙，我們差點尖叫。他說，「早安，羅絲和露。」他竟敢知道我們的名字。他說收割草莓的時候到了。我們一臉茫然地看著他。我們沒接過「收割」這種命令。他又笑了，再次露出血紅色的牙齒，然後說：「你們對於這個季節還有草莓覺得驚訝是對的。長久以來，我一直在培育一年能收三次的草莓品種，分別是五月、七月和九月。」這對我們毫無意義，我們根本不在乎，但能教我們一些東西似乎讓他很得意。他抓起全部的桶子，這麼瘦小的男人扛得起這麼大的重量，有點讓人讚嘆。「跟我來，」他說。

因為如此，我跟我妹才會在涼爽的早晨出現在草莓園裡。我們要摘滿二十個桶子，還要遵守紅綠比例的明確指示。有更多黑黑綠綠的田地往樹叢延伸而去，那些樹不是那些設計市區公園的天才種的，而是本來就長那樣，橘色和粉紅色葉子在我們現在知道叫做風的東西裡飄揚，風從田野間的溪流裡吹送過來，遠方的公雞變成一個黑白小點，在歪歪斜斜的農家木造院子裡扒土。瘦小男人拿著半月形大刀走向溪流。總之，因為肚子餓，再加上也沒有人說不行，我跟露就吃起了草莓，非常美味，我們這才發現瘦小男人的牙齒沾到的不是血，而是草莓。

牠沿著冷冷的泥土從一排草莓爬過來，又快又突然。那是一條三呎長的蛇，中段跟露的手臂一樣粗，綠色鱗片閃閃發光，看起來有毒。我們一驚之下把桶子翻倒，草莓掉滿地，頭也不回地爬腿就跑，把草莓踩得稀巴爛，跳過一排又一排草莓，往拿著殺人彎刀漫步的瘦小男人那裡跑。我們撲進他的懷裡，撞上他的胸口，要不是他壯得不可思議，一定會被我們撞得摔在地上。但實際上他抱住我們，露出血紅牙齒對我們笑。他喃喃著說：我忘了說蛇的事，我很抱歉。露，抱歉，羅絲，那些蛇不會傷人，是繁殖過多的束帶蛇，實驗性草莓田的副產品，別擔心，牠們到處都是，你們會習慣的，左手從頭到尾抓著半月刀。我比露早幾秒鐘離開他的懷抱，他摸摸她的頭髮。轉身去看草莓田，我才發現上面萬蛇攢動。整片田地如波浪般起伏，綠色身體在鮮紅草莓間滑動。

我們走回草莓田，肚子裡裝了許多溪流裡的冰水，把肚皮撐得好緊。我們採草莓，把桶子填滿。我以為我肚子痛是因為蛇不斷滑過來滑過去，後來我才改變想法，認為那是因為看到那個瘦小男人撫摸我妹的髮片。稍晚，桶子幾乎都裝滿了草莓，露伸手去摸一條從她腳下經過的蛇。她看著我，咧嘴咯咯笑。想吐的感覺湧上來，最後滿出來。我把紅色的水吐在草莓叢上。

我妹跟那個瘦小男人扶我回宿舍躺下。他們拿了麥片粥過來。吃起來奶奶的，還加了蜂蜜，但鹽的餘味把我嘴巴和腸胃變得乾巴巴。

那天晚上我妹沒跟我一起睡，隔天也沒有，因為我病了。第三天晚上我好多了，她還是沒跟我一起睡。她爬上梯子到我上面的那張床。

「露，你在幹嘛？」

「睡覺啊。」

「我好多了。」

「很好。」

「下來！」她非常聽話地爬下來。「在這裡睡！」

「床墊太窄了。」

「我們一直都睡同一張床。」

露聳聳肩，指著空蕩蕩的宿舍和三十九張空床，就像在說，這些年來我們之所以都睡在一起只是因為別無選擇，然後再一次爬上梯子。

後來我們的假髮整個變形。鬈髮漸漸從我們的暗棕色頭髮上滑下來，鬆到只要輕輕一拉就能拿下來。脫落的假髮掉在地上，跟院子裡的垃圾混作堆，變成雞屎裡一抹閃閃發亮的紅棕色。

瘦小男人對我們說，「你們的頭髮很漂亮。」我們一臉渴望地望著掉在泥巴裡的鬈髮。「我是說你們頭上的頭髮，」他說。農場上沒有鏡子，但我看到露又柔又直的頭髮在她的眉毛上飄啊飄，在她的頸根上飛揚，所以我知道我的頭髮也一樣。瘦小男人就只稱讚過我們這麼一次。這麼長時間沒有得到男人的讚美還真不習慣。

感覺挺好的，但有時又不然。

吃完晚餐的麥片粥之後，瘦小男人在他睡覺、我們三個人吃飯的地方拿出紙牌。我們一起玩牌，跟以前在那裡看過一百萬次的紙牌一樣，但現在我們要自己發牌，還可以近距離看牌。牌上那些彩色的國王王后。他教我們玩牌，用曬乾的豆子當賭注。怪的是，我比露還早覺得累，以前我們明明都會在同個時間打呵欠。我雖然奮力抵抗睡意，免得讓露跟瘦小男人單獨相處，最後卻還是早早就回宿舍休息。晚上風呼呼吹得好大，害我睡不著。後來我爬上梯子到上舖找露，但有時她卻不在那裡。我假裝她在，用枕頭做出她的樣子緊緊抱住。我失去理智，心裡好害怕，好像自己是微不足道的麵包屑，在這個狂風呼嘯的宇宙裡瑟縮發抖。早上醒來時我發現露睡在我的床上，我睡在她的床上。

「你有聽到風聲嗎？」我問。

「我愛死了，」我妹說。

有時我對露有種對我來說很陌生的感覺，我不知道要怎麼形容，但總之不是愉快的感覺。

瘦小男人會拉斑鳩琴，彈奏遙遠他方的奇特歌曲。一天晚餐後他拿出斑鳩琴，露跟著音樂一起唱，每句歌詞她都滾瓜爛熟。

瘦小男人教露怎麼做我們每天吃的麥片粥，中午配蜂蜜，晚上配起司。另外，我們也吃農場上種的植物。草莓當然有，還有菜園裡的蔬菜。過不久，露煮的麥片粥就超越了瘦小男人煮的麥片粥。

有天我看著我妹再低頭看看自己，發現我們的長相漸漸不太一樣。露變得比較豐滿，胸部也比我大，皮膚比古銅色還深一層。她的頭髮是淺棕色的，現在我的頭髮已經長到可以披在肩上，所以我看得出來我的髮色比她深不少。

「我的眼睛是什麼顏色？」我問露。她的是棕色的，帶一點點黃。那雙眼睛深深看著我的眼睛的感覺很好。

片刻之後她說，「灰色。」

我聽了很沮喪，堅持要去找瘦小男人問問看。我們走到院子裡，站在他面前張大眼睛。

「你們兩個都有淡棕色的眼睛，」他說。我鬆了一口氣，喜上眉梢。接著他對我說，「但你的偏灰，她的偏棕，像蜂蜜。」

除此之外還有別的。她的指甲長得比我快。她的額頭上浮現雀斑，我的沒有。我們發現彼此身高的差異，我大概比她高一吋，以前我們從沒注意到。我們兩個一直都像到可以互換，所以潘妮洛普夫人常常直接叫我們R[1]。

不過，我們的聲音仍然一模一樣，語調也是。鎖骨也還像完美的一對。

我沒辦法習慣風，也沒辦法習慣那個瘦小的男人。但我習慣了在草莓園裡爬來爬去的蛇。我幾乎不再注意到牠們的存在，就算注意到也充滿深情。

要忘記過去生活的某些事很容易。走進公園前要過的最後一條街叫什麼名字？潘妮洛普夫人星期三給我們吃什麼早餐？我要在冰櫃裡待多久才能出去見客？

時光流逝。我們吃加了香草的麥片粥。我看見一隻棕色小鳥從漸漸結冰的泥巴裡銜走一串假髮。我跟露去挖土裡的胡蘿蔔，用乾草蓋住乾枯的草莓田，並肩一起工作。斑鳩琴響起一連串陰陽怪調的音符，我妹隨著音樂低語歌唱。火光下，紅心J在對我眨眼。陣陣人聲彷彿來自遠方，是瘦小男人和我妹妹的聲音，跟我一樣的

1 譯註：Roo和Rose的第一個字母都是R。

聲音，但字句在我的上方和周圍漂浮，火把不舒服的感覺從我體內趕走。

有天早上他們不見了。我醒來時聽到風吹和公雞扒地的聲音。公雞在院子裡結成冰塊的雞屎堆裡孤單地走來走去。我妹跟那個瘦小男人不在任何一張床上。那是我第一個直覺，我以為會看見他們抱在一起，心裡漸漸明白我感覺到的模糊恨意。沒找到他們我多少鬆了口氣。他的床空空的，很整齊，但他們也不在別的地方，田裡、河邊或樹叢裡都沒有。

那天晚上能在枕頭下找到信宛如奇蹟。我妹在我的枕頭底下塞了一封信，我怎麼會沒發現，信是她寫的，當初教她寫字的就是我。她的字跡仍像小孩子一樣大大的，筆畫亂七八糟。

R：

我們愛你。我們走了，你要開心。照顧這裡。採收南瓜，餵雞，謝謝，謝謝，謝謝。我們愛你。

R筆

我有生以來從沒那麼生氣過，從沒跟露分開過。我這輩子最孤單的時候，一定是比她早出生的那六分鐘，現在卻超越了那六分鐘。我在院子裡橫衝直撞，踩爛了結霜泥巴的精巧結構。望著那一片草莓田，我看見矮小的植物如今都枯黃凋謝迎接冬天到來，蛇也不見了，鮮紅草莓採收到一點也不剩。跟那隻公雞不一樣的是，我還有地方發洩心中的怨恨。可憐的公雞，只能被丟在院子裡啄著冰冷的泥巴地，尋找著可能會也可能不會出現的紅棕色鬈髮。

回到市區，公園裡沒有風吹過。

我站在中間，就是以前我跟露站的地方，看著片片草皮和叢叢樹木，等著周圍出現動靜。但公園靜止不動，天空灰暗寂靜，一切都沐浴在市區的灰沉光線下。羊毛裙的重量壓在我的臀部上。漿過的襯衫像一雙手掐住我的喉嚨。

潘妮洛普夫人跟我打招呼時一臉疑心。她不習慣過路客早上五點就來敲門。她把那件孔雀花樣、包住她淑女般的纖瘦身材的絲質長袍拉得更緊。「另一個呢？」她問，小心謹慎地把我帶到我們以前的房間。另一對女孩睡在我們的床上。潘妮洛普夫人命令老僕人搬來一張帆布床。我沒有人可以分享重回市區這一路上經歷的小小冒險，只好任由那些經歷日漸模糊，終至遺忘。

我們以前在冰櫃裡忍住不哭的方法失靈了。我無法想像上帝捏著我的淚腺，最後哭著走出來。但那種哭不會讓眼睛閃閃發亮，而是掏心掏肺的哭，只會讓臉上的妝和男人都跑光光。我老是跟著早班的女生被送回潘妮洛普夫人那裡，那些女生都是身材沒那麼苗條、舞姿沒那麼曼妙、身邊沒伴的女生。兩兩一組的女生通常比較吃香，如果又是同卵雙胞胎……猜也知道。現在跟我睡在我們以前房間的兩個女孩是新手，稚嫩而怯懦，因此讓他們更加難以抗拒。我在輕薄的帆布床上躺平之後要過很久，她們才會悄悄地、精疲力盡地回到房間。他們對我談不上親切也不算不親切，就跟這個一片灰暗的城市本身一樣。我觀察著她們之間那種開心而熾烈的親密關係，我曾經也如此熟悉，如今只剩下無盡感傷。

凶狠老闆娘潘妮洛普夫人靠在廚房門框上豪邁地吞雲吐霧，我在一旁吃著沒煮透的炒蛋。

「需要我說出來嗎？」她說，吐了一口菸。

我抬頭看她，一臉驚恐。

「你啊，無路用了。」潘妮洛普夫人開始國台雙聲通常都沒好事。「你在想什麼，整晚縮在角落裡躲著客人，讓妝花掉，穿髒兮兮的內衣褲？」

「露回來之後，我就會變好了。」

「露回來之後，我就會變好了，」她重複我的話。「她不會回來了。」

「什麼意思？」我心裡湧現希望。「你知道她在哪裡？」

潘妮洛普夫人抽著菸。

「你們兩個人的工作，都是她一個人在做。」

我的叉子喀達掉到地上。我站起來，把椅子從油布地毯往後推，發出刺耳的聲音。

「我們是一起工作的同卵雙胞胎，」我咬著牙說，「你那些骯髒的臭錢就是我們這樣賺來的，小姐。」我不敢相信我竟然叫她小姐，以前她都這樣叫我們。

潘妮洛普夫人抽菸發笑，一瞬間看上去有點感傷。

「親愛的，你們不是同卵雙胞胎。你們甚至不是雙胞胎，甚至不是姊妹。你難道從沒發現你們除了體型和假髮以外，其他都不像嗎？人在暗濛濛的房間裡什麼都會相信。」

公園裡有座氣候管制之前就蓋好的石頭橋。橋上長了橘色的青苔，底下有個可以睡覺的地方。我以為只有我一個人，醒來時卻發現有人擠在我旁邊。他們嘴巴好臭，像可口可樂和死松鼠的味道，但他們人很好，不介意晚上被人抱得太緊。過不久我蒐集的瓶瓶罐罐就比他們還多。我在人行道的水溝蓋上找到一個打火機，我們用它來烤有人在雜貨店後面發現的軟爛茄子。我盡量避免我對茄子的其他聯想，不去想茄子的紫黑色外皮襯托採收人的黝黑皮膚的畫面。我在公園裡賞心悅目的秋季楓樹下大便。從頭到尾沒有風。我的頭髮打結，羊毛裙因為纖維磨損而變輕。我努力幫自己的心打氣，振作起來。這種狀況下我想跟人發生關係應該很美妙。我試圖跟其中一個人發展特別的親密關係，就是我們可能會說，我們兩個是一隊、這是我們的生活、我們要一起打造未來的那種關係。我們一起做特別的事，分享到哪裡才找得到玻璃瓶的小道消息，分享在人行道找到的糖果棒，晚上一起去散步，但不是為了翻垃圾，純粹為了好玩。我們開心叫喊，嘻笑辱罵，撿地上的香菸來抽。但那個人一再讓我失望。老實說，這個新團隊比不上我一直以來的那個團隊。我做伏地挺身，肌肉長出來。你很憂鬱，那些流浪漢跟我說。非常憂鬱。

我去按潘妮洛普夫人的門鈴時，她不讓我進去，反而把那個胖警察叫來，我早猜到會有這種結果。警察來了之後把我跟我自己銬住，我沒反抗。我們再次穿越無止無盡也無風的市區街道。這次我拒絕說話，拒絕他的M&M花生巧克力。「你他媽的是又聾又啞嗎？」他說。

日落時分，一名孕婦站在農場院子裡。她穿著白色圍裙，從圍裙裡抓起種子丟給圍在她腳邊的小雞。她身後的小屋裡，模糊的窗戶裡透著燭光。這個女人結合了各種各樣的圓潤，臉頰、肩膀、乳頭、肚子和屁股都是。她看起來很好摸，軟軟的，討人喜歡，是每個人都想要的媽媽。燭光閃爍的窗戶裡，有個瘦小的男人在攪拌著一個大黑鍋。我跌跌撞撞走下警車，仍然跟自己銬在一起。

「你為什麼不告訴我！」我尖聲大喊。

她抬起頭揚起微笑，雙眼寧靜無波。她奮力快步走向我，但身體快不起來。

「我最親愛的，」她說，聲音低沉溫暖，是我不熟悉的音調。她從沒叫過我

「最親愛的。」

「你為什麼不告訴我，」我再次大喊。

她用頭指指警察。警察慢慢走過來解開我的手銬，然後坐上警車開回市區。接著她抱住我。

「你去哪裡了？」我對著她柔軟的肩膀嗚嗚地問。「為什麼要離開我？」

「我最親愛的，」她用那種奇怪的大人語調說，「以前我們晚上不睡覺、打牌、彈琴等等，你明知道我跟艾力克斯在討論。」

「艾力克斯？誰是艾力克斯？」我問。

「我們在討論該怎麼辦。我們三個人，就在那張桌子上。」

我想起自己心思飄來飄去，沒仔細聽，被溫暖的食物和爐火拉高，帶到遠方。

「我們知道孩子就要出生了。我們急著要結婚。我們對你感激不盡。你的反應是那麼的平靜。你對我們、對我是那麼的心胸寬大。用你的愛。我們回來發現你不在都嚇壞了，還請警察去找你。現在你回來了，回家了，我最親愛的，羅絲阿姨——」

我一僵，抽離她軟綿綿的身體。

「我們不是雙胞胎，」我說，「我們他媽的甚至不是姊妹。我們根本沒有血緣關係。」

空蕩蕩的宿舍裡，無情的風吹過牆壁的縫隙。我跟三十九個隱形的農場工人共用這間宿舍。早上我的腦袋冰冷清楚，充滿恨意但很平靜。

每次她說「艾力克斯」，我都忍不住想「誰是艾力克斯？」她端來木碗裝的麥片粥，當寶貝一樣兩手抓著，碗是她的圓潤身材的延伸。她坐在火爐邊按摩我的手，好像我才是即將要經歷難以忍受的身體劇痛的人。她溫暖的手指貼著我的手，安撫了我的心，我的心難得地變得仁慈，我跟她說她的手有療癒的效果。她跟瘦小的男人偷偷交換眼神，我彎起手指，抽出手。她問我要不要幫寶寶取名字，我說不要。她問起我在市區過得如何，我過分強調在公園裡認識的人有多和善、多狂野，我有多麼的喜歡他們。我喜歡在她臉上尋找嫉妒的神情。小孩生出來時醜巴巴，我聽見她跟瘦小男人在小屋裡吵架。強自壓下奪門而入的衝動之後，我忍不住嘴角上揚。有一次她照顧寶寶太累，還沒天黑就上床睡覺，我走進小屋，跟瘦小男人一起坐在火爐邊。我沒穿胸罩。他輕輕彈著斑鳩琴。我慢慢解開襯衫的鈕釦。我的乳房小小的，完美無瑕，沒有乾掉結塊的母奶，沒有紫黑腫脹的乳頭。他抬起頭，看見我對他袒胸露背。他閉上眼睛，但我已經看到他既嫌惡又著迷的眼神，這時臥房門吱嘎打開一條縫又砰地關上。我跟他轉過頭看向門。我扣好襯衫走出小屋，回到風呼呼吹的宿舍。

那天晚上，小屋傳來更多尖叫聲。寶寶在哭叫，伴隨著一男一女的尖叫聲。早上，他們一家三口都精疲力盡，合而為一。很快就會下第一場雪。他們走到院子裡，一小家子在低沉的天空下抱在一起，身上裹著灰色毛毯。他們看著我。眼底沒有恨，而是別的東西。她跟她的丈夫孩子多麼謙卑，迎接初雪的莊稼人。現在我跟她已經完全不像。

我的東西可以全部摺進一條大絲巾裡，所以就這樣了。我大步跨過院子，經過縮在羊毛毯底下發抖的莊稼人，雖然不知道要往哪去。我邁步橫越草莓田，田裡光溜溜，一條蛇也沒有，要是我跟她還在那裡採草莓、摸蛇該有多好。我走了快一個小時，淚腺失控，手指凍僵。接著，宛如奇蹟一般，雪下大之後幾分鐘，我來到樹叢裡的一間簡陋小屋。屋子沒鎖，空無一人，裡頭備有罐頭、肉乾、葡萄乾和燕麥片。屋裡有抽水機，屋子後面有廁所。還有鏟子、斧頭和槍。孤單讓我變得勇敢和狠心。現在這個地方屬於我了，就算要殺掉這間小屋的合法擁有人，我也不會良心不安。書櫃上擺滿書，床上有灰色毛毯，還有藍色法蘭絨睡衣和一大袋咖啡豆。讓我驚訝（還有失望）的是，沒人來把我攆出去。整個冬天我都在看書。我看書，練習說「我」而不是「我們」。有時候吃過牛肉乾和罐頭水蜜桃，體力充飽的瞬間，我會想我有沒有可能再愛她。其他時候我會躺在屋子裡啜泣。風始終吹個不停。我並不期待冬盡春來。

春天雪融之際，我走出門外，發現小屋門上有個木牌，上面寫著：R的藏身處。我睡了一個冬天的毯子顯然跟他們的灰色農夫毯一模一樣。我好氣但又精疲力盡，靠著滴水的小屋。我從來就不孤單，也從未真正自由。

草莓田裡的植物迸出翠綠新芽。細長小蛇在濕土上練習滑行。我越過草莓田，準備去找他們對質。

請告訴我我還能去哪裡，我還能做什麼。

她站在門口，臉上不像以前那麼充滿了愛，但還是充滿了愛。她說「我們今天得種豌豆，」我說「好吧。」

有時候她女兒分不清楚我們誰是誰。她會從我後面的一排草莓衝過來，大喊著「媽媽！媽媽！」有時候就算我狠狠轉過身，看見我的眼神、我凶狠的嘴巴、我被吹得滿頭滿臉的頭髮，她還是一直叫我「媽媽」。

孩子
Children

我要怎麼談他們的事。他們選擇的模樣。圍裙、吊帶褲。寬大的白色領子，大大的黑色鈕釦。

「把他們打扮成那樣的人是你，」湯瑪斯會不高興地說。「那些衣服是你做的。你是他們在人類世界的母親。所以夠了，ＯＫ。」

湯瑪斯不信，我也不怪他。很難相信當我縫著那些衣服的時候，有其他東西引導著我的手，我體外的某種東西，綠綠的、發著光的東西。

我有兩個，一男一女，他們總是抬起頭往上看，幾乎每次都指著頭上，頭上的樹枝、小鳥、飛機、月亮、星星、星球，所以既然龍捲風都來了，我怎麼樣也沒辦法讓他們待在家裡。他們黏黏的雙腳衝下樓梯，跑出前門，越過門廊，下樓穿過院子。

我站在門口尖聲吼著他們的名字，五年前他們抵達時我們給他們取的人類名字：比爾！莉莉！但他們已經跑出柵門，衝向馬路。他們回頭好心地（同情地？）看我一眼，但還是繼續向前，步伐快速，路上的碎石和鐵釘也阻止不了他們的光腳丫。你看，只是些小小的跡象，他們柔嫩而堅韌的腳，一些小之又小的線索，但我們就是這樣發現的。至少我是這樣發現的，因為湯瑪斯不相信，仍然在八月大吃西瓜的晚上用鼻子磨蹭他們濕濕的頭，當他們是普通小孩。夏天他們兩個滿身汗，整晚發著光，這也是另一條線索。

我走出門口，踏上門廊。他們抵達不久湯瑪斯就種下的那排樹被風吹平，我是指平平平，之後有些鐵罐劈劈啪啪飛過去，像未來的機器鳥，我的洋裝變得生龍活虎，彷彿有了自己的意志。我抓著欄杆大聲喊他們，但他們已經從帶刺鐵絲網底下溜走。

湯瑪斯在大喊，緊抓著石頭建築。他本來在後院檢查東西，現在已經繞到前面。我聽不清楚他在喊什麼，但我知道他想知道孩子在哪裡。

我沒回答他，一直尖聲喊著他們的名字。他們還在我的視線之內，但就快消失了，只看得到一號田盡頭有兩抹黑影。空氣綠綠的，風機伶無比。

湯瑪斯一看到他們就咒罵一聲。「你就不能讓他們待在家。」

他只是道出事實，不是在指責我。他比誰都了解他們的習性，知道他們老用我們不懂的語言跟彼此說話，老是在熱狗裡塗果醬。他們從來就不屬於我們，從來就不。

湯瑪斯放開石牆，上前幾步越過院子走向車庫，風直往臉上撲打也不管。

「郡公所說車子不能上路，」我說，走下樓梯，跟著他越過院子。我的洋裝飛上來打我的臉，悶住我的呼吸。

湯瑪斯把我拉進貨車前座，風把車門甩上。我拉開蒙住臉的裙子，看著他。他的頭很大，就像聖伯納犬的頭。我丈夫。我的頭也不容小覷。但比爾和莉莉的頭卻小小的，頭形也很漂亮。

「走中央路到五號田?」

我點點頭。沒什麼不好。他們現在一定走到了三號田的一半。湯瑪斯開始倒車。

「這樣很危險，」我說。

「是啊，」湯瑪斯說。我聽不出來這表示他也這麼想，還是只是嘲諷之類的。跟一個人結婚十一年，卻還是摸不清對方的脾氣，不是很奇怪嗎？

「但也許對外星人來說不會，」我補上一句。

「饒了我吧，」他說。

這件事我們已經討論過無數次。他不願承認他們是外星人。即使他們從來不會流血，連去打預防針或膝蓋擦破皮也是。割傷、磨破皮都有，但就是從沒見過他們流過一滴血。我會問他「他們為什麼都不會流血？」他會說「因為他們是我們的小孩，跟鐵打的一樣壯。」

但他們從不會流血的原因是他們的皮膚。這當然只是一個小地方，不是說你從一堆小孩中一眼就能看出這種差別，但如果你是幫他們洗澡、抹乳液、在他們睡覺時幫他們抓背的人，你就會知道這些事。所以我知道他們的皮膚有種塑膠的質感，比我的皮膚耐操耐磨多了。

我曾經無意中聽到湯瑪斯跟朋友說我瘋了，至少在人前這麼說。我對她的愛至死不渝，可是……她覺得我們的小孩是外星人。

啊，呿，馬克還馬修還提姆管他是誰，聽了把腳抬起來放在門廊欄杆上。沒錯，我家小孩也是外星人。媽呀，他們是怪物，是殭屍。天啊，我不知道他們是什麼。小矮人。

我靜靜種花、除草或做其他事的時候，我的小外星人就在我周圍的草地上翻筋斗，跟其他小孩一樣。他有多堅決否認，就證明他們為了融入地球所做的努力有多巧妙，甚至到了無所不用其極的程度。

「你知道嗎，」湯瑪斯說，正要向右急轉，開上中央路，「你要是再這樣說我們的孩子，總有一天會逼我離開你。」

湯瑪斯才不會離開我，永遠不會，但我還來不及說出口，就有一隻浣熊從路上飛過去。那隻小動物看上去平靜得令人驚訝，跟著一堆髒兮兮的餐巾紙往上飛昇。我看著湯瑪斯，湯瑪斯看著我。如果這場龍捲風可以把九公斤的哺乳動物從地上舉起來，那我們那兩個十八公斤重的孩子會怎麼樣？

他們細瘦的骨架，頭上的一圈亂髮，大得誇張的眼睛。

讓我把話說清楚：他們與眾不同不代表什麼，不過就是關於他們的一些小趣事，我知道的一點小祕密，就跟你知道自己的小孩三年級了還會尿床或吸大拇指一樣。我會不會擔心有天這會變成一個問題，他們會在不恰當的時間顯露出自己的本性，他們心裡會充滿永遠無法滿足的巨大渴望？當然會，但目前都還無傷大雅。

風像一個巨大的手掌壓住貨車。湯瑪斯奮力把車開過三號田時，我跟他一下喃喃自語一下連聲咒罵，不願放棄希望。

「在那裡！」湯瑪斯大喊。

他們不跑了，而是站在五號田的正中央，像外星人在等待跟他們失聯已久的太空船。

我開始真的慌了。我知道這場龍捲風傷不了他們，身為他們的母親我當然知道。他們做過更多不要命的事，要我一一細數都沒問題，舉凡雪橇、輪胎盪鞦韆、鐵軌等等無所不包，不顧人身安全也是揭露他們真正身分的一條線索。但我從沒想過他們可能會離開我，可能會接收到來自外太空的訊息，返回他們原來的家。他們是我的，百分之百是我的，其他星球怎麼規定我才不管。我用宇宙任何一個角落能找到的最豐沛的愛來養他們愛他們，所以幫幫我啊。

生產過程最痛苦的那一刻，一切都模糊不清，遙不可及。我嘔吐呻吟，天空同時是白天和黑夜，黑夜和白天。我發現自己突然間平靜下來，棲息在一矗狹小平靜的懸崖上，然後他們就來了。兩個閃閃發亮的泡泡籠罩在綠色光束下飄向我，那光蓋過了醫院的日光燈。我張開嘴，光束停在我舌頭上絲絲響，在那裡放下綠色的禮物，我吞下兩個漂亮的泡泡。平靜的感覺不見了，我必須呻吟陣痛、呻吟陣痛更久一些。後來他們卡住了，一半在裡面，一半在外面，護士說，摸頭！摸頭！所以我摸了頭，感覺很神聖，這樣摸從你自己身體出來的頭感覺不太對勁，然後他們忽然就生出來了，兩個都在九十秒之內，我完美的小寶貝，我心口上的小爆炸。我永遠不知道我懷了九個月的那一對雙胞胎怎麼了，是外星人的外星靈魂侵入了他們的身體，還是把他們整個掉包。

但總之，第一眼我對他們充滿敵意。那些陳腔濫調沒在我身上發揮作用，比方我願意為他們擋子彈，我願意為他們挨餓受凍，為了他們我生生世世受苦受難也心甘情願。

雖然說比爾和莉莉從來也不需要這樣的犧牲奉獻。他們從一開始就很自立自強，一直都擁有彼此的陪伴。他們在我們面前當然也會撒嬌，比方想睡時在我們身上磨蹭，嬰兒時期會爬過來用嶄新的聲音嘰哩呱啦叫著媽媽爸爸。但總是有條無形的界線，看得出他們不需要我們，好像我們只是蛋糕上的糖衣。他們學走路的時候會撿起地上的東西，一條線或一塊碎屑，然後慢慢地、滿懷喜悅地觀察那樣東西，久到讓我感到害怕。無論我叫幾次他們的名字，他們還是一樣聚精會神檢查手中的小石頭、鑰匙、湯匙，他們用在我或湯瑪斯身上的注意力都沒那麼多。他們睡著時，臉變得靜默而莊嚴，四肢發著光，我看得出他們已經雲遊到遠方，補充他們需要的水銀、射線或其他東西。

此刻在這裡，五號田正中央，他們像土豪惡霸一樣對龍捲風哈哈大笑，寬大的白色領子貼在細瘦的頸子上。湯瑪斯隨便把貨車一停，我們就跳下車，跑步穿越田地，風把我們往前推，我覺得又熱又冷，又熱又冷。他們對我們揮揮手，好像我們是來野餐似的。一隻網球拍在他們頭上飛轉，還有一把煎鍋、一個花盆。我們走到一半時，風突然往我們身上撲過來，之後走路就跟在洶湧人潮中一樣吃力。我們得用手肘往前推擠才能前進，但就算要跟什麼打一架才過得去我也不介意，反正我一直都這麼覺得。

他們手牽著手跳上跳下，風模糊了他們的臉，扭曲了他們發出的所有聲音。

「捲！」莉莉大喊。

「風！」比爾大喊。

「龍！」

「捲！」
「風！」
正當我發現他們喊的是人話的那一刻（鬆了口氣之餘腳也軟了），有一塊波紋鐵皮從五號田飛過去，好像從槍發射出去一樣，過程快速又突然，瞬間把田地切成兩半，飛快射向比爾和莉莉，刮傷了我的小外星人的瘦小肚皮。我抓住自己的肚子，彷彿被刮傷的是我，好像我的洋裝被扯破、腸胃流了出來。雙胞胎倒在地上，血流得周圍都是。我有如魔術一般趕到他們身邊，好像一下橫越二十呎的距離，瞬間挪移到他們身旁。我想辦法目測他們的傷勢，伸手按住他們的傷口，她的破碎圍裙底下、他的破碎吊襪褲底下翻出來的肉。比爾的傷在我的左手，莉莉的傷在我的右手。我去上那些護理課可不是去玩的。很快我就判斷他們的傷口沒有看起來那麼深，謝天謝地，不然我怎麼知道要從哪弄來外星人的血。那種散發詭異光線的黏稠血液，現在我的手像沾了糖漿一樣閃閃發亮。
他們沒有哭（另一條線索，如果還需要的話），只是用緊繃、驚嚇和超大的眼睛盯著我看。他們瘦小的手臂，瘦小的腿，在麥田和土壤裡流血的小星星。我們蹲伏在地上，身體低到連風都找不到。

「我們死了嗎？」莉莉想知道。

「怎麼會！」我對她說。「還差點遠呢。」

「媽媽媽媽，」比爾說。

「比爾弟弟，」我說，「莉莉妹妹。」

這時我才想起了湯瑪斯。我回頭一看，以為他會在我後面不遠處，渴望伸手來安慰我、抱住我。但他卻還在二十呎外的地方，跪在地上，雙手交叉在胸前。

是血的關係，第一眼看到那些血讓他嚇呆了，即使我早就告訴過他。即使他們現在正需要他，我們需要把他們帶回車上，穿越龍捲風把他們送回家。回到家我才可以幫他們縫合傷口，給他們塗了果醬的熱狗，安頓他們上床睡覺，好讓他們前往他們的銀河系，取得他們存活必須的補給品。

「湯瑪斯！」我大喊。我知道他應變能力超快，沒那麼容易嚇到。不然我怎麼會嫁給他，一輩子那麼長！「過來這裡，湯。」

但他動彈不得。他盯著他們的眼神好像他們是怪物。

發現（他們隨時隨地都在發現）了父親的恐懼，莉莉和比爾迎向他的視線。

「爹地？」他們齊聲叫。

但他還是一動也不動。

「爹地，」我命令道。

「他們在發光。」他搖著頭。

「誰在發光？」莉莉問。

「而且他們的血是綠色的。」他眨眼眨了太多次。

「誰的血是驢子的？」比爾問。

「對，他們是外星人，」我設法用唇語告訴他，免得他們聽見，但什麼都瞞不過他們。

「外星人，」他們喃喃地說，驚奇地低頭看自己，檢查自己髒兮兮的手腳。

「你不會融化的，」我對湯瑪斯喊，他的手臂還是交叉在胸前。「你不會死掉，不會中毒，也不會變成外星人或什麼的。」

他還是目不轉睛看著他們。

「相信我，」我說，「我什麼都試過了。我吃過他們的口水，舔過他們的眼皮，吞過他們的頭髮，還曾經把他們的鼻涕抹在我的手臂上。」

比爾和莉莉露出神祕的笑，就跟他們小時候看著我的肚臍發笑的那種笑。那時候他們爬到我身上，拉起我的上衣，把嘴貼著我的肚臍，好像在做嘴對嘴呼吸。這當然也是一條線索：對他們卑微的人類母親的著迷和興趣。

跪在地上的湯瑪斯把身體往後傾，跟他們的笑聲拉開距離。

「他們的頭顱，」他哽咽。

「誰的頭顱？」莉莉停下笑聲問他，口氣幾近冷酷。

「誰偷驢？」比爾應和。

我知道湯瑪斯指的是什麼。這種時候，當他們笑出聲音時，你會看見他們額頭上的血管在脹大、脈動，讓人心裡發毛。

但那兩個突突脈動的頭顱巧妙地靠在我的髖骨上，我盡我所能地緊緊掐住他們肚皮上被割破的肉。

「沒關係的，」我對他說。

我低頭注視我的兩個孩子，比爾和莉莉，看得出來他們已經原諒他，也已經原諒我，他們的寬容往前往後延伸，指向一個遙遠的宇宙。

然而，湯瑪斯的雙手還是交叉在胸前，直到任憑風把他打趴在地上。他像動物一樣四肢著地蹲伏在五號田上，徹頭徹尾的地球生物。

接著，他在強風吹襲下慢慢爬向我們，手膝蓋手膝蓋手膝蓋手膝蓋，直到指尖碰觸到源源滲出、閃閃發亮、漸漸把土壤變成另一種新土壤的鮮血。

最糟糕的事

The Worst

其他糟糕的事都發生了，但最糟糕的是：某星期五晚上我們有六點半和八點半的免費電影票，所以在某個寒冷街角不是孕婦就是公牛的冷冰冰金黃色雕像旁邊會合之後，我們就往電影院前進，結果發現一部片在講孟加拉雛妓，另一部片是默片。可別誤會，我們喜歡默片，但這個世界已經夠安靜了，而且已經安靜好多天。即使櫃檯的美麗女孩跟我們保證：片中會有音樂，現場音樂，現場演奏，但默片的「默」字還是讓我們裹足不前，我們實在受不了，所以就走了。好好的計畫就這麼吹了，「在曼哈頓看場電影」或者「之後上館子吃晚餐」的想像因此破滅，我們也只能緊抓住一個快速溜走的信念不放：不管到哪裡或做什麼，我們都能玩得開心，就像那些在洗衣店或旅行車裡親熱的人。我們走上冷冰冰的林蔭大道，評論著商店櫥窗裡的洋裝（但這麼冷的天氣讓人不想看洋裝，所以我只好別過頭）。另一幅景象讓我們歡喜，是大教堂，直到我們發現有人倒在階梯上奄奄一息。我猜他們不是真的快要死了，但話說回來，我們每個人都會死。那些奄奄一息的人鑽進髒兮兮的睡袋。接著是一家飯店。走進去，假裝飯店是你家開的，假裝你牛仔褲胯下、大腿摩擦的部位沒有破洞，假裝你的鞋帶沒沾到狗屎等等等，假裝你擦的是口紅不是凡士林。你會看見飯廳是純金打造的，花瓶裡插著一百朵勃艮第玫瑰。那些玫瑰在這世上占據的空間比你還要大，呈現的美遠比你還要多，你在它面前自慚形穢。這一破功就毀了飯店是我家開的幻想，這下我們再也不會知道大廳洗手間有多麼金碧輝煌、還插了多少朵玫瑰。走出飯店時，我們憋尿憋到膀胱都痛了。最後我們還有一件事可做：去一家別人知道我會像正常人一樣買東西的店。吃了癟的我們一跛一跛走向那家店。店裡賣的是色彩繽紛的衣服，我想要的就是色彩繽紛的衣服。我伸手去摸那些毛衣。幫幫我，我求你幫幫我啊。就在那一刻事情發生了，最糟糕的部分發生了。我的手同時觸摸到很多件不同的毛衣，皇家藍、石南灰、泡泡糖粉紅、三角錐黃，絕望。他們放音樂放得很大聲，讓人腦袋混亂的音樂，設計來改變體內電流、左右你內心慾望的音樂。不用說也知道：我們兩手空空地走出去。出去時甚至不敢回頭看那些衣架。

我如何過了心驚膽跳的六個月之後又開始來潮

How I Begin to Bleed Again After Six Alarming Months Without

我在公車上看見她，甚至從那時候就覺得她好噁心。她正吃著透明塑膠盒裡的東西。那東西白白水水的，但她卻拿叉子在吃。我看不出那是那一類的東西，是動物？植物？還是礦物？白色液體裡有一小塊一小塊的東西。我想像自己在跟她玩猜猜看的遊戲。裡頭有鮪魚嗎？有美乃滋嗎？是甜的？還是鹹的？一般是吃熱的？還是吃冷的？是符合猶太教規的潔淨食物嗎？她把塑膠盒對著自己一斜，白色液體便從一角流到她的黑色尼龍運動服上。後來她終於發現這件事，臉上露出微笑。但我要說那不是難為情的笑。當我再次把眼光投向她時，她嘴裡不知咬著什麼東西，就要被撕開。我腸胃一緊，嚇了一跳。這次她又要拿出什麼古怪的食物？但我慢慢發現她嘴裡咬的其實只是一個方形小包裝，裡頭裝著一張濕紙巾。

但不只是那個白色的食物，我也看得出來她生理期來了。她的臉潮紅又蒼白，腫腫的，氣色不佳。你或許覺得這種體內的變化從外表看不出來，但我一向都能認出來潮的女人，尤其是天黑之後在大眾交通工具的冷酷光線下。

如此這般，不過就是公車上的小插曲，我有自己的事要操心。

後來到了要轉火車的時候，她也下了公車。她也爬上一層又一層樓梯，走到架高的月台上。出站月台上空蕩蕩，只有我們兩個，她那身黑色運動服上的白漬碰到冷空氣已經結成一片一片，想必發出了濕紙巾加鮪魚的味道，但我根本不敢靠近一點去聞。鐵軌對面的進站月台上，兩個青少年又親又抱，互相取暖。今天是天氣變冷的第一晚。我努力不要太羨慕他們，除了他們外套上墊著假毛的連帽。

我走下月台，跟那兩個小孩和她拉開距離。架高的月台底下是市區最大的墓園，往四面八方延伸好幾條街，只發出不太會注意到的味道和聲音。幾簇雜草逐漸結凍。一輛貨車轟轟駛過。最高大的墓碑間的細小回音。這座墓園很壯觀，我喜歡這樣望著它。喜歡從中尋找有我的名字的墓碑，如果字夠大，從月台上就能輕易找到，我不只一次找到我的姓，但那是白天玩的遊戲。墓園的外圍有個運動場，六支白色泛光燈矗立在場上。運動場彷彿漂浮在墓園之上。那裡的草地還一片翠綠。球員的上衣閃著紅色和金色的光。很難不把他們遠遠的激動叫喊聲，誤認成從墓園裡爬出來踢足球的年輕殭屍發出的聲音。

但你猜怎麼著？她一路跟著我走到陰暗的月台盡頭，站在離我超過八呎的地方。我應該指出她年輕又漂亮。我試圖在她身上尋找連結和親切感，但實在沒辦法。她那支黏黏的叉子和月經來潮的臉在我腦中記憶猶新。感覺上我們應該打個招呼，畢竟這個荒涼的月台上就只有我們兩個女生，但我卻別過頭。遠方的吊橋延伸而去，跨在亮閃閃的黑水上。其實我看不到水面，因為很多醜陋的東西擋住視線，但我可以想像泛著油光的黑水，千變萬化地倒映出這個五光十色的城市。支撐起吊橋的巨大鋼骨結構上有兩盞紅燈在閃爍。通常從遠方遙望閃爍的燈光是件賞心悅目的事，但那兩盞燈不討我喜歡，因為閃爍的頻率讓人不舒服。應該是閃——閃——閃，實際上卻是閃閃閃。我把注意力轉回她身上。她站在那裡，一動不動，或許也望著閃爍的紅燈。我探出月台察看進站火車的頭燈。火車還隔著好幾站遠。也許她也探出月台，看見了遙遠那頭的火車。無論是什麼原因，有什麼東西改變了，推著她走，因為她突然走向我。我除了跟她視線交會也別無選擇。我說過了，她年輕又漂亮，有張和善的臉，對她微笑也沒有我想像的困難。我等著她說出無傷大雅的問題：不好意思，請問現在幾點？不好意思，請問到羊頭灣要幾站？不好意思，這條線跟B線有相連嗎？不好意思，這裡是進站還出站？不好意思，你的牛仔褲是哪裡買的？

看著她越走越近，我心想不知道我們能不能變成朋友。

也或許，她要說的是比問題更無傷大雅的話，比方簡單的陳述句。天氣還真冷。我在公車上看到你。談戀愛的青少年還真敢。謝天謝地火車要來了。墓園旁邊還真讓人毛骨悚然。

她停在我可以看見她嘴角白色屑屑的地方。我低頭去看她的腳，期待聽到她的聲音，我猜應該是尖銳又開心。

「我在公車上真的讓你覺得很噁心，對吧？」（聲音果真尖銳又開心。）

我抬頭看她，不敢相信自己的耳朵，心跳又快又重。她竟敢注意我，竟敢指控我。

「那是我奶奶的拿手菜，順便告訴你，免得你好奇。」

她的眼睛好紅。我看著可憐的血絲奮力撐住。我準備好要告訴她，她一點都不讓我覺得噁心。但我的心臟卻出來攪局，開始顫抖猛跳，這幾個月來都這樣。

「總之，」她接著說，放我一馬，「這麼問有點怪，但是你有棉條可以借我嗎？我有點急。」

第一，我猜對了！第二，她要去哪裡塞棉條？第三，棉條不能用借的。第四，我袋子裡正好有一盒還沒開。第五，我記得他在日光燈藥局裡問我，既然如此，何必要買棉條？

「當然，」我努力擠出開心的聲音，「只要你答應別還我。」

她咧嘴笑。我發出緊張的笑聲。

「我就知道問你就對了。」她用可怕的、意味深長的方式說出這句話。我用顫抖的手拉開袋子的拉鍊，拿出那盒全新的棉條，奮力要把包裝紙拆開。同時間，火車逐漸進站，她盯著我，包裝紙還是不肯讓步。我拿出一支原子筆，她盯著我看的樣子好像知道什麼。我用筆去戳包裝紙，終於把包裝紙戳破，伸手一抓把紙撕開。

終於把棉條放上她掌心的那一刻是慈悲的一刻。神聖的白色小管子。我給了她第二個、第三個。

我的月經一直沒來。沒來沒來沒來沒來沒來。不是因為懷孕，是就好了，是因為其他更傷心的理由。

「謝謝，」她說。我每多給一個，她就加一句「謝謝，謝謝」。我突然想到或許她只是個普通的女孩。「我很急，」她說，「你真的救了我一命。」但後來我很確定她想傷害我，因為她不斷說她有多感謝我，藉由她的感謝暗示她的月經量有多豐沛，我的嫉妒一定都寫在臉上，但她還是謝個不停。火車越來越近，我想要——必須要——它進站，帶我離開這一刻。

「那些殭屍今天晚上玩真瘋，對吧？」她說，指向草地漸漸結冰的運動場。他們在場上跑過來跑過去，燦燦生光，但周圍的黑暗更加強大。我聽著他們的聲音，有勝利的呼喊，也有落敗的慘叫。即使從這麼遠也看得到他們皮膚上發出的藍光。我渾身發抖；她可以看透我的心。

火車尖聲駛進車站，淹沒殭屍踢足球發出的聲音。來潮的女孩對我說了最後一句話，但我永遠無法確定了，因為火車就從我們旁邊吱嘎滑過。「你總是得放棄什麼，才能得到什麼。」

火車門打開時，我衝進她跳上的車廂的前一個車廂。我們無法再多待在一起半秒鐘。但我知道她就在那裡，站在她那車的車門前，隔著窗戶看著我的頸背。我忘了說我注意到她的脖子上有片刺青。有個灰色的解剖學圖案，可能是心臟、植物或其他東西。

一輛火車從我們旁邊的軌道駛過，是另一輛出站的火車，往同一方向開但速度稍快。燈號上打出「停止服務」，火車超前我們開走，我發現車上空空的，只有一個車廂內有個穿藍色衣服的人影。那人戴著一頂藍色的禦寒帽，我直盯著瞧，想知道帽子跟制服是一套，還是他煞費苦心找了一頂帽子來搭配制服。接著，正當他轉過頭的那一刻，我看見穿制服的人有張狼臉。那隻狼讓我瞥見他的臉，但沒跟我視線交會，旋即又轉過頭，恢復原來的姿勢。他是不是對我後面車廂的某個人微微點了點頭呢？

但轉過頭察看時，我驚訝地發現她未如我想像的站在玻璃窗前。

我這個車廂除了我只有四名乘客，四個都在睡夢中漂浮。沒人看見我看見的景象，我也沒有尖叫。

就在這個時候，一小泡血從我體內深處湧出。初初從我內褲底下再從牛仔褲底下悄悄冒出來，發出輕輕一吻的聲音，接著就急促而明確地奔湧而出。等我在我的那站下車時，我感激得淚流滿面，臉都濕了。我邁步走向十一月。來自另一個人生的一輛車本來會加速闖越黃燈把我撞死，實際上卻沒有。走到家門前時，我還活著，身體流著血，發現門鈴底下門牌上他的名字已經抹去。

養蜂人
The Beekeeper

城市裡的人和東西都在漸漸消失。人是指十一到十七歲的女生，還沒被摩天樓生活磨得麻木不仁，還沒拉上兜帽、穿上長褲，在不同的時代裡可能是擠奶女工、織布工、養蜂人。至於東西，都是以上說的女生用過的東西。例如卡著幾撮頭髮的梳子、睡覺的床單、包身體的浴巾、套腳的脫鞋、咬在嘴上的鉛筆、寫東西的筆記本、拿來翻的雜誌、用來喝湯的湯匙、用來叉食物的叉子，用來塗醬或切東西的刀子。

這就是為什麼儘管出了城市可能遇到種種危險，梅帛的爸媽還是堅持要送她去農場，還要求我跟她一起去。

「如果一定要選，」梅帛說，「以下哪一個你最不討厭：讓蜘蛛爬滿全身，還是老鼠、蛇、青蛙，或是蜜蜂？」

她把纖細長腿伸到車窗外面（沒錯，車子），而我正開車駛過鄉間道路（沒錯，鄉間），經過果園（沒錯，果園）。炎熱的傍晚，空氣中瀰漫著腐爛水果的香氣。這是城裡任何一個人都難以想像的狀況。對三年前的我也一樣難以想像。我覺得自己醉了。

「我不知道，」我說。一路上她都在問我這一類的問題，我不認為她壞心，也不認為她有意強調我們之間的巨大差距，但她還是問個不停。我不像她，我沒去過動物園，不知道什麼是蜘蛛，不真的知道，老鼠、蛇、青蛙、蜘蛛，還有蜜蜂也一樣。城市裡沒有這些奇異的動物，我只看過這些動物的電影。

「說嘛，」她說，用珠光閃閃的腳指甲敲一下照後鏡。「你一定要選一個。蜘蛛、老鼠、蛇、青蛙，還是蜜蜂？」

「老鼠，」我說，「因為牠們是哺乳動物。」至少這是我學過的客觀知識。

「嗯，」她說，「有道理。」

有時候她聽起來幾乎像在思考。她把腿伸回車內，兩手抱住膝蓋，蹲坐在座位上。我已經叫她繫安全帶，她已經說了不要。

「我會選蜜蜂，」她說，「絕對是蜜蜂。很簡單。」

「可是蜜蜂會螫人，」我說。這同樣是我學過的客觀知識。

「蜜蜂會製造蜂蜜，」她說。這我知道，但一時忘了，一回想起來，我就很後悔沒選蜜蜂，選了老鼠。但這不是你會跟梅帛這樣的女孩坦承的事。

農場有很多蜜蜂。牠們好大，身上有細毛，在野生葡萄藤纏繞的主屋前後、院子裡及腰的雜草（到我的腰，卻只到梅帛的大腿）、古銅色樹皮的樹上懸掛著的不知名水果之間飛來飛去。梅帛跟我說那些樹叫做李樹，還笑我認不出那種樹。

「棗乾就是那種樹生出來的！你不知道嗎？」

這裡的太陽本身就像蜂蜜，八月下午正熱時，看上去更濃更黃。我沒想到自己可以坐在門廊的搖椅上，在夏日高溫和果園氣息裡放鬆下來，毫不畏懼。我作夢也想不到自己可以忘記種種危險，畢竟我從沒離開過城市，從沒碰過「花粉」（梅帛這麼稱呼那些細粉），也沒看過從主屋後方流過的那種小河。我看過豪華超市裡的熱巧克力河，酒吧裡的啤酒河，但從沒看過這種清澈、和緩的水流，水底甚至還有五顏六色的小石頭。

梅帛躺在曬得暖烘烘的門廊地板上。她跟我說她犯了思鄉病，我會驚訝只是因為她的字彙裡竟然有這個詞，畢竟今天早上離開城市的時候，他爸媽告訴我，以前她小時候，危險還沒出現的那幾年，他們每年夏天都會帶她來這裡。

她突然跳起來，越過高大的雜草走向小河。我在門廊上看。她跪下來往臉上潑水，冰得吱吱叫。接著她開始解上衣的鈕釦和脫掉牛仔褲。她要洗澡？游泳？跳水？我跟水接觸的方式是淋浴。

梅帛回頭看我。我盡量不看她。她重新扣好上衣，拉上牛仔褲的拉鍊。

「待會再說吧，」她說，「我餓了。口也好渴。想喝牛奶嗎？」

屋裡的食物都是一個老農夫和他太太準備的。梅帛的父母存了一筆多到誇張的錢到這名農夫的戶頭，要他確保我們飲食無缺，直到離奇消失事件停止，或直到梅帛九月回日本的寄宿學校為止。

冰箱裡有牛奶。沒錯，是真正的冰箱，淺綠色，圓形邊角，整天轟隆隆呼嚕嚕響。桌上有一大條圓麵包，還有四罐果醬。上面的標籤寫著：蘋果（可），梨子

（可），李子（又見面了，棗乾就是這樣來的），還有鵝莓。鵝莓！呃，至少我猜得到那是什麼，我對草莓和藍莓都很熟悉。梅帛在櫥櫃上找到兩個舊的果醬罐，把牛奶倒進去。看著她倒牛奶感覺很不錯。照理說應該我替她倒才對。她把給我的牛奶遞給我，我們把所有食物搬到門廊上。

這種牛奶我還是第一次喝到。味道比啤酒好，比乳瑪琳還好，比柳橙汁還好。梅帛說應該是今天早上或昨天晚上擠的牛奶。這個牛奶從沒加工成奶粉，也沒加黃豆。我們兩個人就喝了半加侖。我們撕下大塊麵包泡進果醬裡。李子和鵝莓對我來說味道太重，但梨子我很喜歡。梅帛不喜歡梨子，所以我全部包辦。我把麵包塞到瓶底好把最後一點抹乾淨。抬起頭時，我發現她正盯著我看。

「我都不知道你這麼好玩，」她說。

農場有很多房間。我似乎應該去住外圍的房間才對，也就是農家僕人過去住的地方。但農夫的太太在主屋準備了兩間相鄰的房間。我不知道是梅帛的父母要求這樣安排，還是農夫的太太自己決定的，但我們應該就這樣住下來，因為其他地方都蒙上一層花粉。農夫的太太在床上鋪上白色的羊毛毯，在五斗櫃上的水壺插上雛菊，地上鋪了碎呢地毯。這一切都讓梅帛興奮地倒抽一口氣。如果我曾經用這種方式表達情緒的話，我一定也會這麼做。

「晚安囉，」梅帛說，懶洋洋地靠在門框上片刻，接著就閃進陰暗的房間。

「晚安，」我說，退進自己房間。

我們沒吃正式的晚餐，但肚子塞滿了麵包和牛奶還好飽。我一沾枕頭就睡著了。

梅帛叫醒我的時候還沒天亮。她在我的房門外跺腳。現在我更加明白梅帛的父母為什麼覺得她是一連串離奇失蹤事件的主要目標了，即使她已經快滿十八歲，就快要穿上牛仔褲、戴上兜帽，脫離危險年齡。每次失蹤的都是最野、最瘦、最好動的女孩，都是那些喜歡到摩天大樓頂樓伸展四肢、彷彿天塌下來也不怕的女孩。

我爬下床戴上兜帽穿上牛仔褲，老是扣不好鈕釦或按釦。梅帛在門外跺第二次、第三次腳。我終於走出門時，她抓住我的手。以前我們從沒有過身體的接觸。我意識到這點，梅帛沒有。她一襲炫目的黃色背心裙，拉著我下樓走到草地上。草地濕濕的。

「昨天晚上下了雨？」我說，藏不住聲音裡的激動。城市裡已經好久沒下雨。

上次我還只個孩子。

「不是，」她說，「那是露水。鄉下每天晚上都會有。你知道的事還真的不多，是吧？」

她真的有點欠揍，但不是她的錯。

走到河邊時，她脫掉背心裙。我盡量不去看她的身體。這只是我的工作。我要站在這裡確保她不會溺水。也不是說出事我就幫上忙，畢竟我從沒游過泳，也沒泡過澡。但總之就是這樣。

「你也下來！」她命令，水到腳踝以上，冰得她無法呼吸。

我脫衣服的時間比梅帛多很多，褲子上的鈕釦和按釦那麼多，兜帽又綁得緊緊的。我下水時，她已經整個人泡進水裡。小腿上的冰水讓我有喝了十杯咖啡的感覺，但不知道為什麼我並不害怕。梅帛的金色鬈髮濕了，所以變直、顏色變深。讓她看起來更莊嚴，感謝天。

「整個人泡進來，」梅帛指示。

「不了，」我說，「謝謝。」

「我命令你整個人泡進水裡，」她說。

我極力維持住撲克臉、一直線的嘴唇和無動於衷的眼睛，但並不容易。看見她說完那句話之後嘴巴開開，下唇垂下，下巴像習慣發號施令的人那樣隨興地放鬆下來，不舒服的感覺從我體內湧出。

「開玩笑的！」她大喊，把頭撲進水裡，一把抓住河床的小石頭，讓水從她身上沖刷而過，身體在水流裡扭動。她潑著水，浮出水面。我刻意不看她的身體，反正也不是太難想像：小小的臀部和結實的大腿，堅挺的深色乳頭，古老建築一般的肋骨。

「我可以看你但你不能看我！」梅帛說。

我不知道自己對她開懷的無禮舉動比較驚訝，還是被她看出了我心裡的想法。我感覺得到她在看我，心裡只想快點把兜帽和長褲穿戴回去。

「天啊，」她說，「你全身上下都好光滑。」

梅帛的父母覺得找一個無特定性別的人看著女兒是最明智的作法。社會普遍認為我們是無性別的人。

我們的生活重點是蜜蜂、陽光、花粉、河水、過熟的水果，還有梅帛教我的她認為大她八歲的人應該知道的事。那只是蜘蛛網而已！泥巴不會害你的腳趾甲爛掉。出了城市溫差可能到二十度以上。聽到青蛙叫聲了嗎？

農夫和他太太害怕城裡來的人，所以都趁天還沒亮、我們還在睡的時候送來食物。我們醒來就發現廚房的厚重木桌上擺了牛奶、優格、起司、堅果、麵包、果醬和蜂蜜。

有時候梅帛一連好幾個小時都不正眼看我，有時候又直直盯著我看，讓我覺得她的眼神彷彿穿透我的內心。

農場有兩百英畝大。帶刺鐵絲網圍住裡頭所有蔓生蔓長的果樹和荒廢的田地。我把以前只在電腦螢幕上看過的動物握在掌心裡。瓢蟲是其中最迷人的一種，除此之外還有蝸牛、長腳蜘蛛和糞金龜。

我原本在梅帛父母的摩天樓擔任窗戶清洗隊長。當初他們提議付我相當於洗窗工的五年薪資，要我陪他們的女兒離開城市，遠離圓頂涵蓋的範圍，前往他們祖傳的農場時（在另一個不同的時代，他們的祖父母在那裡腳踏實地過活），我並沒有如我預期的從此活在恐懼之中。

忘掉我們所在的危險時代是可能的——事實上，怎麼可能不忘記。

這期間，城市的失蹤事件繼續發生，甚至更加頻繁。梅帛的父母要我們待在鄉下享受農場生活。他們對我千謝萬謝，對這趟行程比預期的還長深感抱歉。

最後，連一向很留心日期、紀錄每週行程、在髒亂摩天樓最低層的套房公寓裡用三個時鐘測量時間的我，竟然也失去了時間感。我問自己，今天是十一日？十五日？十七日？二十二日？還是二十九日？對自己搞不清楚覺得感激。

我們吸青草的汁。我們任由腳底變硬變髒。我們發現峽谷裡長出草莓。我們在農場最西邊發現一片片華麗的苔蘚和地衣。我們看見雲朵膨成各種動物，填滿天空。我們躺在門廊上看蜜蜂在傍晚時分來回穿梭。蜜蜂很少叮我們，就算有，我們也不介意。有時候我比較像男生，有時候比較像女生。我們很少交談，但有時也會聊上幾句。

「我應該生在別的時代，」梅帛說，臼齒磨著一片青草，斜臥在熱熱的門廊木頭地板上，當她把手臂高舉過頭時，背心裙底下的胸部變得平坦。

這就是梅帛的風格，現在我知道了。她經常說這種話，這種滿懷憧憬的話。她心思細，重感情，多愁善感，都是我二十五歲時最重視的特質。她不輕浮（雖然每天早上到河裡都會甩頭髮，把冰水噴到我身上，看到我冷得縮起來就會奸笑），不愚蠢（雖然每次她隨著腦袋裡的音樂起舞，我都會好奇她腦袋裡是不是裝了太多少女看的那種節目），不嬌縱（雖然每次肚子餓就會發脾氣），不幼稚，不刻薄，我期待她會有的特質，她一樣也沒有。

「我們都是，」最後我說。

「都是怎樣？」她問。梅帛不習慣我說出任何超出我的責任義務的話。

「我們都應該生在別的時代，」我說。

「哦，是啊。」她閉上眼睛微笑。「沒錯，」她柔聲說，「我們都應該生在別的時代。我可以是擠奶女工，你可以是養鋒人。」

「我可以是農夫，」我說，想接上她的話，「你可以是織布女工。」

「是啊，」梅帛說。

隔天早上醒來，我們發現餐桌上有張梅帛的爸媽給我們的紙條。他們要我們六天後返回城市，好讓梅帛打包行李回寄宿學校，因為八月已經快要結束。

倒數第四天，蜜蜂消失了。只剩下幾隻在高大的草叢上無力地嗡嗡飛轉，連越過溪水都有困難。梅帛很沮喪。

「可惡，」她說，跺著腳踩過已經半世紀沒採收過的田地。

她相信蜜蜂在農場某個遙遠的角落一定有祕密窟穴，牠們一定躲到那裡準備過冬了。我整天跟著她跑，尋找蜜蜂的冬日宮殿。她說只要知道蜜蜂在哪裡她就沒事了。我們一直找到天黑才回到主屋，那時只剩下兩隻蜜蜂在門廊上有氣無力地盤旋。我們走到脫水，皮膚被荊棘割傷，腿上冒出疹子。梅帛一屁股倒進搖椅，我緊張地站在門口。我從沒看過她那麼生氣、那麼傷心。

「梅帛（Maebh），」我說，急著要轉移她的注意力。「好特別的名字。」

「愛爾蘭名，」她說。

「是嗎？」我有禮地說。

「意思是：喝醉的人。」

我抓住門框。

喝醉的人。

「都是我爸媽，」她說，把氣一嘆，「真不知道他們在想什麼。誰知道『帛』要怎麼唸？」

她望著外面的黑夜，空氣中已經有露水的味道。她切換成她那種淡淡然的應對模式。

「我要睡了，」她說。

「我要睡了，」我附和。

隔天，梅帛很早就進來我房間。我馬上整個人清醒，皮膚發燙。我以為時候到了，以為她就要在我旁邊的白色床單上躺下來，一切就會從此開始。但她卻站在門口徘徊。

「快！」她說。

她的聲音、催促的語氣、身上的洋裝。我伸手去抓長褲。

「不！不用！」她說，「沒必要。」

我在農場上雖然常忘記戴兜帽，但沒穿褲子是第一次。天氣已經很溫暖——秋老虎，梅帛教我的另一個詞，所以沒穿衣服也不會不舒服。也許她想這樣開始，在沾滿露水的高大草叢裡。

「快！」

我跟著她沿著小徑走進古老的果園，一開始雜草濃密，後來漸漸被我們踏平。

發抖的人不應該是我，我卻渾身發抖。她帶我走向一棵枝幹糾結的李樹，指著一隻喝醉酒似的蜜蜂。蜜蜂搖搖晃晃，繞著一顆斑斑點點的李子飛。

「你看，」她悄聲說。

我盯著那隻蜜蜂，但牠讓我頭暈。我抬頭看早晨天空中奇形怪狀的銀色雲，心裡納悶到底會怎麼開始。

「快看！」她命令我。

我只好繼續看。事情突然就發生了，半像閃光，半像東西啪一聲斷裂。總之，空中瞬間一閃，剛剛蜜蜂所在的地方變得空空如也。

報紙也都這樣描述那些失蹤事件。一閃即逝，聲音和光，還有……

我從沒想過要擔心失蹤事件可能蔓延到鄉下。我總是覺得梅帛的父母對這場災難波及的範圍了解得比我透徹。

梅帛雙眼圓睜，臉又亮又黑（我們在這裡曬了多少陽光！），人就站在蜜蜂剛剛消失的地方。

我們沒通知梅帛的父母這件事。沒告訴農夫這裡即將大難臨頭。沒談農場以外的事情。我希望我可以說我們同床共枕，或我們教會彼此某些事，實際上卻沒有。不過，我可以說我們很多時候都躺在門廊上，揮舞著裸露的手臂，次數多到我連梅帛長長的棕色腋毛長什麼樣子都記得。我沒問梅帛害不害怕。現在我已經跟她很熟，看得出來她並不害怕。她在等。

我們大吃大喝牛奶和果醬，梅帛甚至吃得比以前更起勁。有時候我已經伸出手要撫摸她，不只一次我差點要脫口而出。那些話就在那裡，在我嘴邊，在舌頭上打轉，但梅帛都會在這個時候站起來或滾遠或睡著。

這些李子。這個光。

預定要回城市的前一天，當陽光一秒比一秒更濃更深的時候，梅帛在我前面從草地跋涉而過（草地只到她的大腿，卻到我的腰），拿著我們發現的一塊石頭，一塊覆蓋著綠色苔鮮和橘色地衣、像是有人刻意裝飾過的石頭。我盯著她的一舉一動。她的大腿在我眼裡不是大腿，我稱之為腰腿。事情發生時，這就是我腦中浮現的詞：**腰腿**。

斷裂和閃光。閃光和斷裂。彩色的石頭砰一聲掉到地上。她消失之處的那片空氣甚至沒有光芒閃爍。空空如也，什麼也沒有。沒有蜜蜂劃過低斜的陽光。沒有東西發出聲音。

連我的慘叫聲都侷限在體內，穿過我的肌肉但沒有離開我的身體。慘叫聲傳送到我的大腿，我上前一步，舉起腳跨過那塊石頭，踏出帶我往城市相反的方向走的第一步。

門廊上，旁邊就是渾濁的池塘，五腳青蛙在腫瘤般的蓮葉上爬，我親愛的問我，為什麼我說這個故事都用現在式。我們靠在手工椅上，對繞著細長香蒲團團打轉的蚊子揮著香。不久，這片荒廢的沼澤就會全黑，周圍再也沒有其他光線，我們就會走進地板歪斜的小木屋，回想起我們鋪下黏土地基的那一天。

婚禮的階梯

The Wedding Stairs

婚禮的最後，當最後一批賓客為了哪件外套是誰的吵來吵去之際，服務生領班把我拉到一旁。他整晚都盯著我看，即使用他那種瞧不起人的眼神遞給我第三杯迷迭香黃瓜馬丁尼時，眼睛也盯著我不放。

我對他怎麼會挑中我又好奇又訝異。因為我穿的小禮服？還是我穿的鞋子？我跟婚禮上其他喝醉酒的年輕女孩沒什麼兩樣，沒道理引來特別的讚賞或輕蔑，唯一的不同是，剛好只有我一個人目睹了那個罹癌女人流著鼻血衝進女廁。（「要不要我去拿氣泡水？」我問，因為血滴在她的綠色絲質薄外套上，而我聽說碳酸水有益止血。「只是我的胰臟的關係，」她答。我想不到要說什麼。）

「我必須讓你看個東西，」服務生領班說。這是我聽他說的第一句話，那種輕蔑的語氣並不讓我驚訝，但我萬萬沒想到他會這麼直接。

我們站在樓梯底，就是那種中間鋪紅地毯的樓梯。他指著樓上的方向。

我的這位領班很瘦，瘦到幾乎見骨，短短的短髮，黑色的眼睛，因為滿是怒火還是什麼而炯炯發光。說他從集中營死裡逃生也不難想像。

舞池外的昏暗會場，只見我丈夫靠著牆昏了過去，脖子上掛著一幅一六三二年代的女性肖像。我不知道畫是怎麼跑到他頭上去的，但晚宴剛開始時，畫明明還氣派地掛在牆上，現在卻插在我喝醉酒的丈夫的頭上，毀了畫中女士的炭黑色洋裝。我不知道我們要賠多少錢，人生會不會就此完蛋。

「當然，」我對領班說，踏上第一階樓梯。

我們後方，新郎新娘抱著對方哭（希望是開心的哭），沐浴在星光下。

騙你的，哪裡會有星光。事實上，日光燈才剛開，工作人員巴不得我們快清場。但新郎新娘抱著對方，而且十之八九在哭。**戴上這只戒指，你對我就是神聖的存在。**

領班跟著我爬上樓梯。我回頭看他，滿臉堆笑，迫不及待要迷死他、抓住他的手跑上樓。但我再度誤判了情勢。他用逐漸黯淡的眼神回應我水龍頭般源源湧出的微笑，我的手晾在中間，沒人接過去。

領班用說快不快、說慢不慢的速度爬上樓。我跟上去，向右急轉，來到第二段樓梯。我們在這片古老的石造建築裡消磨了大半個夜晚，狂歡作樂好幾個小時，我卻完全不知道有這些樓梯。我的觀察力都到哪裡去了？一切都在我身後逐漸消逝，婚禮消失在過往，還有我根本不該說出口的話，更何況是在舞池中央：我丈夫有我無法滿足的慾望；胎兒在我心中留下的痛還需要時間癒合；我希望改變現狀。

我為說出這些話的女孩困窘到發抖，她獨自坐在空蕩蕩的桌子前，努力吞下放在她還有她丈夫座位上的甜點，服務生在一邊用嫌惡的眼光看她。但跟著領班走上鋪著紅地毯的樓梯，我再也不覺得我該為那些話負責。它們就像我掉在舞池上已經死去的頭髮。

到了第三段樓梯，食物開始出現。一開始只有階梯角落被咬過的小圓麵包。腳下沙沙作響的碎屑，可能是髒東西或罌粟籽。地毯上一小塊濕濕的東西——是酒？還是水？還是錯覺。

但到了第四段樓梯就再也毋庸置疑：樓梯上到處是丟棄的食物。這裡一抹開心果慕絲蛋糕，那裡一片外層奶油已經硬掉的鼠尾草，義大利麵疙瘩濕答答散落在一旁。

每走一步，景象就越慘。鱒魚的殘骸。吃了一半的威靈頓牛排。撕成碎片的鵪鶉。光滑的紅酒醬。令人讚嘆的裝飾菜——迷迭香、秋海棠、捲曲的糖漬檸檬皮。奢華享樂的後果，現在都成了垃圾。比垃圾還慘。

接著，在第六道樓梯上我心裡有種奇怪的感覺：就在那裡，我沒吃完的那兩道甜點就在那裡不會有錯，薰衣草焦糖布丁還裝在小杯子裡，還有被我弄得支離破碎的榛果塔。

我低下頭，經過被丟掉的甜點偷偷掉淚，沒臉抬頭看領班。

這些食物送上奶油色桌布時香氣多麼迷人，奶油香，溫暖、安全、歡樂的氣味。但如今這些被人丟棄的食物卻發出讓人不安的不祥味道，已經開始漸漸腐爛。以前我從來就不知道，饗宴的盡頭就是墳場。

我不想踩到任何一樣東西，感覺就像踩到屍體，但有時想避也避不開，每上一階，食物就越密集。鞋子踩爛一片迷路的血橙、一把酸豆時，我全身打顫。

「同情是對的，」領班站在第九、第十或第十九道階梯時冷冷地說，「但你不應該把那份同情轉向你自己。」

這棟石造建築怎麼可能有那麼多道階梯。底下那些賞心悅目的房間早就離我們遠去，燭光、細緻的白罌粟花、古老的荷蘭畫。這裡的紅地毯看起來很廉價又發出臭味。沒有燈罩的日光燈，沒砌好的牆。我們來到一扇被潑了油漆的三合板門前。

領班從他的內口袋拿出的鑰匙像來自童話故事的鑰匙。想想藍鬍子，七個死去的新娘[1]。為什麼我走了那麼多道階梯才發現自己陷入險境？

我轉身往下衝，但領班旋即攔腰抱住我，他的手長得不可思議。我轉頭面對他，仍然抱著他帶我來這裡只求一吻的一線希望，但光看一眼他的嘴我就知道這不是擁抱，是囚籠。他用另一隻手轉動鑰匙。

一排洗衣機。一排又一排洗衣機。白燦耀眼，不停轉動，泡泡和水花不斷噴湧。

就這樣。一個巨大的洗衣房。

轉頭去看領班時，我看見他露出今晚第一個笑容，或許也是這輩子第一個笑容。

1 譯註：法國童話。藍鬍子的前幾任妻子都下落不明，新任妻子禁不住好奇打開房間才發現其屍體。

在機器之間慢慢走，脫衣服脫到不同階段（鈕釦還沒解開的襯衫，還掛在一邊肩上的背心），是我在宴席間看過的服務生，我認得他們的髮型。之前他們的臉對我來說模模糊糊，一片空白，現在卻格外清晰：疲憊的額頭、蒼白的微笑、憤世嫉俗的眉毛。

「這裡，」領班對我說，「是我們洗戲服的地方。」

我想問他指的是什麼戲服，還是他口誤，其實要說的是「制服」或「衣物」。但他不是禁得起指正的人。

在洗衣房的洗衣精香味之中，我聞到一絲不那麼好聞的味道。我低頭看自己，卻發現我的灰色洋裝沾滿了食物殘渣，仿冒的名牌高跟鞋的鞋底黏了一塊塊食物，皮膚黏得無法形容。那味道是從我身上散發出來的。我伸手摸我的頭髮，果然，指尖沾上黏黏的奶油。

我沒有穿灰色洋裝來參加婚禮！但我卻想不起這件洋裝本來的顏色，難道不是粉紅色，或是淡紫色嗎？檢查洋裝時，我的心一沉，從形狀和位置認出妝點我的洋裝的一塊塊污漬：我們的婚禮上我丈夫灑在我身上的紅酒、我沒通過的面試留下的汗漬、精液和唾液、一兩抹羊水、第一次下廚的橄欖油、少不了的經血、奶奶家後面山丘上的泥巴、嬰兒時期坐在草皮上留下的青草漬。還有我袖子上的棕色斑點，想必是那個離癌女人的鼻血。

「抱歉，」我對領班說，口氣既猶豫又著急，非常著急。「可以洗我的……戲服嗎？」

「戲服」從我口中說出來感覺很怪，我寧願用「禮服」這個詞。

我想像自己拉開裙子的拉鍊，解開胸罩，脫掉鞋子和內衣褲，跟著服務生一起站在洗衣房裡，四肢沉重，心靈平靜，像個從未聽過性愛的小孩。也許他們會圍過來戳我或取笑我或搔我癢，也許他們目前一致表現的冷淡會持續下去。反正也無所謂，只要我的戲服可以拿去洗，什麼都無所謂了。

「你不會想這麼做，」領班只說，好像早就知道再過兩天我就會在人行道上跟我丈夫吵架，氣得跺腳，因此扭傷膝蓋。早就知道我丈夫不久就會捧著我的臉，發自內心地說，「等我老了，回想起這一刻，我會把它當作生命中最幸福的一刻。」早就知道我會發自內心地回答，「等我老了，回想起這一刻，我會把它當作生命中最幸福的一刻。」早就知道年復一年氣到跺腳和捧著臉的場景會輪流上演，我會拖著扭傷的膝蓋一跛一跛走過放麥片的超市走道，我的心會在農產品那區開心一振，在義大利麵區畏畏縮縮，哈哈大笑穿過鮮奶區，來來回回，一次又一次，持續不斷直到永遠，直到我再一次走進洗衣房。

污染世代

Contamination Generation

我們的女兒認得「草坪」這個詞，當然認得，這個詞聽起來也還綠油油，也還給人一種輕鬆悠閒的感覺。現在也還有人擁有私人草坪，比方跟我們家隔著一道牆的史坦霍家。

然而，當我們越過大半市區（公車—地鐵—公車—公共綠地），帶露露去植物園來一趟不一樣的五歲生日小踏青，沿著櫻桃樹盛開的草坪漫步時，她卻問，「這些草是要幹什麼的？」我突然覺得很難過，心想我們是怎麼搞的，為什麼不在她兩歲、三歲、四歲生日就帶她來這裡？

後來我想起去年夏天我們搭地鐵去海邊，我說，「海的聲音很美吧？」她回答，「對啊，就像海浪製造機的聲音！」那是我們從她出生用到現在的一部機器，用來蓋過警笛聲和其他噪音。之後我又想起我們帶她去市區馬場那次，每個禮拜天早上都有騎小馬繞人行道走五分鐘的活動，一次六美金。那匹髒兮兮的白色小馬（名叫棉花糖）小心地走在隨風飄揚的糖果紙之間，但露露害怕到全身僵硬，過了四十五秒都還不動，我只好拉著她走，她還堅持要我拿幾根我們帶來的小胡蘿蔔餵棉花糖。

事實上，我們沒在她滿兩歲、三歲、四歲的時候帶她去植物園，因為我們在她滿一歲的時候就帶她去過了。那次我們把她放在草坪上，為自己感到高興，準備好要拍一堆照片留念，但她卻嚎啕大哭。她害怕青草，手不斷抽搐，好像草燙傷了她，看著我們的眼神像在說：**嗚嗚嗚，地板怎麼了？**

現在已經五歲的露露盯著植物園的草坪。露露。一個活潑可愛、充滿朝氣的名字。一個讓人覺得無憂無慮的名字。但我們的露露很嚴肅。親切的收銀員總是說，「哇，那雙**眼睛**！」但我聽得出來對方語氣中的一絲恐懼。我懂。那雙眼睛那麼大又那麼黑。我陰沉的、瘦小的、古怪的、閃閃發亮的影子小孩。我把手放在她大得不成比例的頭顱上，別人是九頭身，她是九身頭。幾個月前有個小孩在遊樂場上說了些難聽話，我們跟她說頭大聰明！

「那是草坪，」我解釋，「給人玩耍的。」喉嚨突然哽咽，把自己給嚇了一跳。市區公園的河床裡除了舊汽水瓶、用過的保險套、骯髒的餐巾紙、塑膠袋、菸屁股、狂犬病防治藥丸，其他什麼都沒有。我長大的地方，更確切地說是我成長的年代，我可是河邊的孩子王。

「不行，」露露糾正我，指著一個木牌，上面寫：草坪上禁止玩耍。

莎拉發出她一貫的冷笑。「小朋友說的沒錯，」她說。可別誤會，莎拉好得沒話說，是我一生的摯愛，但她不在一個可以當河邊孩子王的地方長大，有時候這讓她不像我（或其他人）那麼平易近人。

「是給人欣賞的，」我改口，「給人享受的。讓人的眼睛感受那種青翠綠意。青豆的青。」

「綠油油的綠，」露露接口。

「我的小乖乖，」我像電影裡的老爸說，睨了莎拉一眼，莎拉對我笑。太美了。草坪上的一家人，至少很靠近草坪。一家三口在風和日麗的這一天到植物園踏青，邁入露露生命的第五年，也是莎拉和丹尼成為父母的第五年。

「呃，」我說，「也許不能在上面玩，但可以在上面走路。去啊，露，去草坪上走走看。走在上面感覺很好喔。」我輕輕把她往前推。

露露停在柏油路和草坪之間的邊界。她把穿著果凍涼鞋的腳放進去，彷彿草地是一片危險急流。

「好癢，」她輕聲說。

「很棒，對吧？」我鼓勵她。「很好。去啊，走上去看看。」

我把我的腳放上草坪，扎腳的青草鑽進我的涼鞋縫隙裡。一陣興奮滿足的感覺讓我撲向草地。在這之前，我並不知道露露已經大到看得出我的困窘。當她看著我的時候，我看見愛和困窘在她臉上交戰。但附近沒有別人，我決定一不做二不休。我甩開腿，在草地上躺成大字形。

「呦呴呴！」我說。

「丹尼，」莎拉說，她也對我的舉動既讚嘆又難為情。我自得其樂的能力。她指著第二個木牌，上面寫：**草坪上禁止走路、坐臥**。

「有人來了，」露露說。

「哈囉，老兄，」我滿不在乎地說，但還是站了起來，希望我的卡其短褲至少沾上一些草屑。

植物園員工轉身走開。

「這有沒有讓你想起什麼？」我問露露，張開手指著高低起伏的草坪、樹木和涼亭，我能帶她看的最美麗的地方。我想到我們喜歡一起讀的一本紙本書，一本古老的教科書，書名叫《植物誌》。

露露的視線順著我的手望出去，在她眼前展開的是她從小到大看過最大片的綠地。

她抓住我的另一隻手，抬頭看我，表情嚴肅又滿懷希望，一心只想討好我。

「我想到錢，」她說。

我不知道露露這麼說是因為錢是綠色的，是她比其他種綠色更常看到的綠色，還是她已經知道有錢人有自己的草坪，而像我們這樣的人卻沒有，甚至有人連食物、電腦或屬於自己的家都沒有。當時在植物園我不想追問，但我的心情盪到谷底，那是一定的。這一盪把我盪到我們公寓後面的那一片封閉水泥地。時間是晚上十點，但我不是出來倒垃圾或做回收的，只是出來看月亮，看那隱沒在層層霧霾後方的一抹橘光。我小時候的月亮從沒看起來那麼驚人。我站在那裡賞月，強迫自己忽略悶到發臭的垃圾，直到月亮迅速飄遠，被牆壁擋住為止。

牆壁另一邊，史坦霍家的小孩在他們的水池裡戲水，那裡還看得到月亮。我聽得到，戲水聲伴隨著他們的發電機持續不斷的轟轟運轉聲，機器除了淨化他們家草坪上的空氣，也能電死空中的蚊子。

我怎麼會對史坦霍家的草坪一清二楚？這個嘛，信不信由你，總之就是史坦霍家的石英橡膠牆和這片水泥地相隔的牆上有個小洞，一個小小的偷窺孔。幾個月前我發現了它，但沒跟露露或莎拉說，畢竟讓她們看到又有什麼好處。這樣本來就不對，有錢人和沒錢人住得那麼近就是不對。史提夫·史坦霍是個發明家，或者該說是發明家的發明家，他發掘會做厲害東西的科學家，找出讓他們發揮的舞台。這種事我想確實值得佩服。

「爹地！爹地！」兩個男孩（雙胞胎）興奮大喊，因為史提夫·史坦霍一次又一次把他們丟進水池裡。我對這麼不負責任的教養方式感到不齒？誰會讓自己的小孩這麼晚還不睡覺？露露的房間或許只是我們房間隔出的一個小小空間，也許當露露驕傲地帶新朋友看她房間，對方問「你房間為什麼那麼小那麼暗？」時，我心裡確實有點受傷，但至少我們在該睡覺的時間就哄她上床睡覺，還念紙本故事書給她聽，擠一點點那種特殊的兒童有機牙膏給她，雖然很貴，但為了她很值得，非常值得。此刻我想起幾個禮拜前，我剛好在雙胞胎生日派對時從牆上偷看，結果竟然就看到了棉花糖！也許比當初我們看到牠的時候乾淨一點，想必也是，但無論如何是瘦巴巴的棉花糖沒錯。只見牠在那片草坪上疲倦地走來走去，就像那時候在人行道上載著露露走來走去一樣。

正當我想安慰自己我跟莎拉是多麼盡責的父母時，瑪拉．史坦霍穿著那種柔軟的灰色飛鼠褲走到中庭，我才驚訝地發現她懷孕了，肚子跟南瓜一樣大，卻還是好瘦。她站在雙層玻璃門的燈光下。

想像有三個小孩。兩個就很奢侈了。即使我們勉強付得出人工受孕的錢（怎麼可能），我們也養不起第二個小孩。莎拉花了兩年才成功受孕。「問題出在塑膠，」醫生解釋。所以回家之後你發現優格裝在塑膠盒裡，洗髮精裝在塑膠瓶裡，牙刷是塑膠做的。

瑪拉．史坦霍當初是到夏威夷某片火山黑沙灘附近的近海、在一群海豚的圍繞下、迎著夕陽產下雙胞胎。那些照片美得不得了，公開放在網路上，她的私密部位都遮掉。**海豚接生成功！海豚助產士完美接生！**「那對我來說就像天人合一，」報導上引用瑪拉．史坦霍的話，「身心都徹底放鬆。」

「孩子們！」此刻她說，一隻手放在形狀迷人的肚子上。「艾登！藍登！該睡覺了！」

莎拉懷孕的時候老是說，「我好想吃一樣東西但又不知道是什麼東西。」有天晚上，我偷看到瑪拉．史坦霍躺臥在火把照亮的草坪上，托盤上放了好多小碗，用一支小叉子這個吃一點、那個吃一點，但我看得出來她就跟莎拉一樣，真正想吃的是這顆星球上還沒有人吃過的一樣東西。她把手伸進不鏽鋼冰桶裡，靠回躺椅時手裡拿著一罐再平凡不過的可口可樂。

「嘿，目擊證人，」莎拉說，從我後面走上來。

我嚇了一跳。快十二點了，露露早就已經上床，莎拉也是。她披著她那件漂亮的藍色睡袍。

「這裡有個小洞，」我傻愣愣地說。

「我知道。」莎拉淺淺一笑。「很好玩，是吧？」

我愛我老婆。

「她想吃的東西還真怪，」她說，「看看那些酸豆。」

我們頭上有道光掃過紫色的雲朵。

「又是該死的探照燈，」她小聲地說。「Voulez-vous coucher avec moi ce soir?[1]」

莎拉跟我為不同的事感到悲傷。

就像那天晚上，後來我想到露露除了著色本和貼紙等等上面的圖案之外，不會認得星星長什麼樣子。我跟莎拉說了這件事。「那不是很悲傷嗎？」我說。

「不會啊。」

「那不會讓你覺得悲傷？」

「每個人都有很多事要學。」

那個禮拜五我下班回到家，露露正坐在莎拉的腿上幫她訂購雜貨。這件事對露

1 譯註：法文。今晚想跟我同床共枕嗎？

露來說已經有點太幼稚，只見她的兩條腿侷促地跨在莎拉身上。我想起以前跟我媽上雜貨店，幫她敲敲哈密瓜的外殼，根據聲音的中空程度來挑瓜的情景。

「不對啦，媽！」她對莎拉說。母女倆都盯著螢幕。「這禮拜大頭菜只有二點五顆星。」

「可是在特價啊，」莎拉說，「該做的事還是要做，這才是好女孩。」

露露從莎拉的腿上跳下來跑向我。

「爹地！我們去搜尋東西！」

這就是了：禮拜五下班回到家，比清涼的開水還要暢快。

「當然好。嗯，那就來找……」

「世界上最小的有袋動物？」

「當然好，」我說。

「好，可是要先吃完晚餐，」莎拉說。

「我來猜猜看，」露露說，「大頭菜嗎？」

「沒錯，」莎拉直接了當地說。

吃完飯我跟露露上網搜尋世界上最小的有袋動物。

當她伸手要用指尖去按那隻動物的皮毛特寫時，我說，「別碰，會留下痕跡的。」

她把手從螢幕上拿開。

露露上床睡覺之後，莎拉把垃圾拿出去卻遲遲沒回來。十分鐘之後我出去找她，最後在那片水泥地上找到她。她的臉貼著牆上的小洞。

「嘿，目擊證人，」我說，把她推開換我看。

「嘿，偷窺狂，」她回我一記，把我推開。

「跟我想的一樣嗎？」瑪拉．史坦霍的低低呻吟越過牆壁，蓋過發電機的聲音。

「不是，變態，」莎拉罵道，「你想我會想看那個嗎？」

我移到莎拉的上方，像圖騰柱上一顆頭疊著另一顆頭，這樣我們兩個人才能同時從小洞看出去。

在許多月亮造型的燈籠光線下，瑪拉．史坦霍赤裸裸地蹲伏在地上，四肢著地，手抓著草地上的濃密青草，臀部扭來扭去，發出的陣陣呻吟在滿足和痛苦之間來回擺盪。有個穿灰色連身裙的苗條女人把金黃色的油倒在她的背上，然後跪下來推油。第二名穿灰色連身裙的苗條女人蹲在瑪拉前面，一樣四肢著地，跟著她一起呻吟。

「他們是陪產士，」莎拉小聲地說。她曾經有一度很想要一個（只要一個），直到我們發現要花多少錢。**我又不是什麼大人物**，當時她說。

「他們大概厭倦了海豚，」我說，希望莎拉沒注意到在池子上漂浮的玫瑰花瓣。

我期待她會呵呵笑，但她卻不理我。

「不知道**他**到哪裡去了，」我說。

無論你怎麼形容露露出生的情景，比方護士有雙冷冰冰又沒耐心的手，麻醉醫師再次把針扎進莎拉的脊椎時也沒有讓人更有信心，醫生縫合莎拉的陰道時打了七次哈欠等等等等，總之我從頭到尾都在那裡，一秒也沒離開。當莎拉把露露的頭推出來時，我對她說，**我對妳佩服得五體投地**。

音樂從史坦霍家的戶外喇叭湧出來，聽起來像宇宙創作的音樂。史提夫·史坦霍就在這時候大步走出玻璃門。瑪拉·史坦霍的呻吟跟音樂旋律合而為一。他走向她，陪產士巧妙地移到旁邊，他四肢著地跪在地上對著太太，也發出宇宙呻吟的呻吟。相信我，我希望那畫面很噴飯，但不知道為什麼卻沒有。

「現在你比過去還要放鬆一萬倍，」陪產士念誦。

要是莎拉哈哈大笑就好了，可是她卻在喃喃自語。

「你說什麼？」我問。

「有錢人還是有動物的一面，」她說。

露露是在ＫＹ膠[2]的幫助下出生的，但史坦霍的女兒一出生就全身上下都是外國進口的有機橄欖油，陪產士倒了一杯又一杯油幫助潤滑，當寶寶的頭伸出來，沐浴在草皮的燭光下時，瑪拉．史坦霍彷彿達到這輩子最極致的高潮。我為自己竟然勃起而覺得難為情，但當莎拉貼著我擺動屁股、回應我的勃起時，我更加覺得難為情，但主要是因為腦中想著跟莎拉一起進門，讓她懷上三胞胎，才整個人興奮起來。

兩個穿白袍的人跑上草坪收集臍帶血。沒錯，史坦霍得花一筆錢把它存在私人血庫裡，也就是我們月薪的七成五。

當陪產士把盤成一圈的細長臍帶拿給史坦霍夫婦時，莎拉說「拜託不要」。

2 譯註：一種潤滑液。

（臍帶乾掉之後是給寶寶的最佳磨牙玩具。）

星期六下午，瑪拉．史坦霍已經躺在陽傘下的躺椅上。她看起來像個在做Spa的女人，完全不像二十四小時內才剛生產完。草地剛修剪過的那股青草香。她手握著一個長玻璃杯，裡頭裝了血紅色的飲料，她用長長的吸管啜著裡頭的液體。

偷看一眼之後莎拉說，「老天啊，是胎盤冰沙。今天讓我帶露去上芭蕾好嗎？這些夢幻情境快把我逼瘋了。」

想當初我只看見莎拉的（也許該說是露露的）胎盤大概五秒鐘，它就被丟進存放器官的容器裡推走了。

有個護士拿著一個編織籃踏上草坪。過了一會兒我才發現籃子裡裝的是寶寶。護士把寶寶放在瑪拉．史坦霍的胸前，瑪拉把長袍掀開，新生兒輕易就含住乳頭，幾乎有點懶洋洋的，像個老油條。露露剛出生那段時間幾乎不喝奶，剛好又碰到熱浪來襲，我寧可不去想那段回憶，莎拉每天都要貼著吸乳器好幾個鐘頭，我努力假裝沒事，其實吸乳器快把我搞瘋了。「怎麼了？」莎拉，她的乳頭在塑膠管裡拉長又縮回去。「沒事，抱歉，抱歉，」我一次又一次說，懷裡抱著露露。

護士離開，史提夫・史坦霍走出來。他看起來心情愉快，氣色紅潤。他在瑪拉的躺椅前坐下來，撫摸她的小腿。他們面露微笑，低聲說話。我聽不清楚他們在說什麼，只聽到「湖」這個字一再出現，為他們說的每個句子加上標點。

他走了開，她靠在躺椅上，閉上眼睛。他們的菜園已經欣欣向榮，即使離春天還早。從我這裡可以看到羽衣甘藍和薄荷葉。

「不好意思，」有個聲音說，應該說嘴巴，因為嘴巴就在我的眼前，對著我的瞳孔呼吸。

我往後一跳，摀住眼睛像被燙傷。

「抱歉，」嘴巴說。「前幾天我發現了這個洞。我會請人盡快把洞補起來。」史提夫・史坦霍口氣親切，說不定還帶有同情，彷彿知道住在我們這棟公寓的人偷看他們家草坪上的活動不是件好事，無論是我或任何人都一樣。

「哦，沒問題，」我說，氣自己為什麼要因為他表現得一副是他對我造成不便而不是剛好相反而覺得感激。

還有他那隻貼著洞口的眼睛。眼睛底下就是破破爛爛的磚牆、垃圾多到滿出來的一排垃圾桶、露露拴在共用腳踏車架上的二手踏板車。那隻眼睛在原地逗留。

「看屁啊！」我說。

那隻眼睛沒有反應。是我說的太小聲，所以他沒聽到？我真的有說出口嗎？

「大家都是鄰居，這樣吧，」史提夫．史坦霍說，「我太太昨晚生下了一個女嬰，我想送你一樣小禮物當作慶祝，畢竟沒什麼事比生下女嬰更讓人開心了。」

以為我不知道是嗎。

「就好像以前送雪茄恭喜人喜獲麟兒一樣，你知道？」

「OK，」我說。

「等我一下，」他說。雖然我不想拿史提夫．史坦霍的任何東西，我還是站在原地等他回來。如果他沒說「這樣吧」，我說不定就不會留下來。但我自己有時候也會不自覺地說出「這樣吧」這句話。

我盯著牆上的洞，突然間覺得頭頂上方有東西在飄，就像有小鳥在我頭上大便。我抬頭看見一隻我看過最小的無人機在我頭上盤旋。無人機嗶一聲，在我旁邊的水泥地拋下一個小東西。

「嘿，把它撿起來，」史提夫．史坦霍說。我彎身拾起那樣東西。是顆很圓的石頭，純白色，像我小時候看見的月亮。「你可以把它種在水泥地的縫隙裡，它不管在哪裡都可以生長。」

「史提夫！」瑪拉從草坪另一頭高喊。「史提夫！」

「我要走了。」眼睛一眨。「好好享受，ＯＫ？很高興跟你聊天。還有，別擔心，洞很快就會補好了。」

他走遠之後我才想起要問，「需要澆水嗎？」

「你可以的！」我對露露說。星期六傍晚，我們走到公寓後面的封閉水泥地。父女倆站在兩片水泥板中間的縫隙上。莎拉不肯出來。

「一顆來路不明的神奇石頭種子？」莎拉說，站在水槽前用力刷洗非有機的蘋果。「還是史提夫．史坦霍送的？不用了，謝謝。」

「那是禮物，」我反駁，「鄰居送的禮物。」

「不就是他把輻射污染的魚放進水道裡吃掉其他輻射污染更嚴重的魚？」

「我不知道你在說什麼？」我對她說謊。

「總之別讓露露碰那個東西，」她說。

此刻我們站在公寓後面，我把種子放進露露的掌心裡。

「好冰！」她倒抽一口氣。

「看起來很像月亮，對吧？」我說。「我是指以前的月亮就長這樣子。」

「OK，」她說。

OK。

「好，」我說，「來種吧。」

「種在哪裡？」她環顧一圈這片水泥地。「這裡有土嗎？」

「其實呢，」我解釋道，「這是一種特殊的種子，甚至連一咪咪土都不需要。」

「OK，」她又說。有時候我很擔心露露。她一點都不像小孩。她從不用「一咪咪」這一類的字。

「所以你只要把它種在水泥板的中間就可以了，懂嗎？」我用運動鞋的鞋尖去摩擦那條縫隙。我從沒在我們的後院看過一丁點綠意，連縫隙間冒出的雜草都沒有。

「所以我要種下它嗎？」她問。「比方放在這裡？」

她小心翼翼把種子放進水泥縫隙裡。

「嗯，」我說，努力強打起精神。「你想把你的植物種在這裡嗎？要先想清楚喔。」

「呃，」露露說，「我想大家出來倒垃圾的時候可能會踩到它，所以也許我們應該……把它放在別的地方？」

我有種她在迎合我的直覺。露露對愛很敏感。我是家裡最老的一個，再來是莎拉，再來是露露。但從靈魂的角度來看，反而是露露最老，我最年輕。

「把它種在別的地方，」我糾正她。

「對，」她說。

「你來決定。」我把種子從地上拿起來，重新放回她的手上。

她在水泥地裡繞一圈，手捧著種子，檢查周圍所有的縫隙，大概花了四十五秒鐘。這裡最大也才六呎寬、十呎長。街上有警笛呼嘯而過，露露隨興卻又精確無比地哼出歐咿歐咿的旋律，就像我以前跟著收音機的熟悉歌曲哼唱一樣。

接著她停下來，把種子種在兩片水泥板中間。我說的「種」是指她把小石頭盡可能地推進縫隙裡。

牆壁另一邊，史坦霍家的發電機轟轟價響。我不知道住得離它那麼近有沒有得到什麼好處。

她站起來時我說「好玩吧？」，還以為她抬頭看我時會為了我裝出一臉興奮，禮貌地配合我。

沒想到她眼底真的閃著光，欣喜之情在她臉上慢慢地、莊嚴地擴散開來。

她說，「我應該幫它澆水，對吧？」

賓果。

「不行，」莎拉悄聲說。我抱著她，躺在床上從後面抱著她。明天是禮拜一。「這樣是不對的。我只是覺得……現在我只想到孩子。我是說我們的孩子，像我們這樣的人的小孩。他們面臨了……他們面臨很多……他們沒有……這世界……學校……太多挫折和失望，你知道？每天都有，對吧？比方說，我聽說有個小男生因為在人行道上用粉筆畫恐龍而收到罰單。露露他們學校連一台顯微鏡也沒有好嗎？所以我不認為……」

「太遲了，」我悄聲回她。「她把種子種下去了，還澆了水。」

「那不是種子，」莎拉咬著牙說。

「就算那樣，」我平靜地說。

「就算那樣！」莎拉小聲地喊。「你傻了嗎？真的，有時候我真的覺得你傻了。」

「她說不定聽得到我們說話，」我說。因為如果露露醒著，希望不要，但如果是的話，她就算開著海浪製造機也聽得見我們。牆壁就是那麼薄。

星期二傍晚，離開辦公室時的溫度比我早上進辦公室時的溫度高了四十五度。經過他面前時，守衛笑著對我說，「感覺很像末日呵？」我走上街道。

「確實，」我禮貌地說，但這兩個字卻陰魂不散，一路跟著我下了地鐵。*確實確實確實*。

一踏進家門，我就問莎拉「露露呢？」漫長又糟糕的一天。九個鐘頭我都覺得電腦像隻眼睛，看我的每個動作都不順眼。

「在後面，」莎拉說，正在刷洗水槽裡的大頭菜。我感覺得到她在怪我。

我丟下袋子就跑出門。

她在那裡，目不轉睛盯著水泥地間的縫隙。她抬頭看見我，沉重的一天隨即從我肩上溜走。

「嗨，小朋友，」我說。

「它消失了！」她的口氣像在宣布一個好消息。

所以種子不見了。所以某隻貪心的松鼠把它偷走了，或是管理員終於抽出時間來打掃環境。

「我看不到它了！」露露說。「它一定是沉到底下生根了！」

我一直以為露露的個性比較像莎拉，比較灰暗，傾向悲觀主義。但此刻我突然發現（帶著驚恐），或許露露比較像我。樂觀得無可救藥。

「哦哦哦，」我說，比起興奮雀躍，更習慣面對露露的嚴肅正經。「這樣如何，我們回家吃晚飯好嗎？」

「你不高興嗎，爹地？」她問。

「哦，」我說，覺得悲傷，「我非常高興。」

「謝謝你送我種子。」露露低頭看水泥地裡的縫隙。「我又多澆了幾滴水，可以嗎？」

她穿著學校的藍色制服。空氣中的濕氣讓她頭髮變卷、皮膚發亮。有時候她美到我不得不閉上雙眼。

我說，「我們去看媽咪晚餐煮了什麼好料。」

進了屋裡，莎拉在餐桌鋪上布餐巾，還點了蠟燭。莎拉是那種可以化平凡為神奇的人，這種才能越來越能派上用場。她很聰明地用大蒜嫩煎大頭菜葉，大頭菜本身則用油和義大利香料下去烤，稱之為大頭菜麵疙瘩，那樣一塊塊確實跟麵疙瘩有幾分類似。

我會一樣小把戲：用手指去彈嘟起的臉頰，發出有如水滴進水池裡的聲音。那聲音讓人精神一振，露露很愛。今天晚上特別熱，所以坐下來吃晚餐時，我製造了好多次這種滴水聲。

露露為我拍手。莎拉對我翻白眼。

「好了，別弄了，」她說。「那個聲音讓我心情低落。」

「為什麼？」露露問。

「讓我想起乾旱。」

「我想起下雨！」露露說。

為人父母這件事被低估了，因為你根本沒辦法談論它。所有這些化學物質、礦物質，露露體內的化學物質和礦物質是怎麼樣組成這樣的她？

我們努力要當好父母。努力把她培養成一個富同情心、獨立、節儉的人。我們准她一個人去街上的雜貨店。如果她每天都自己鋪床我們就給她零用錢。我們讓她跟梅森．米謝兒一起玩，也就是住三樓那個爸媽任由他打一整天電動也不管、家裡一本紙本書也沒有的討人厭小鬼。梅森的媽媽給他們汽水當晚餐時，我們也忍住不抓狂。畢竟小孩需要朋友，尤其是獨生子女。

但有時候我不認為我們做對了，有時甚至覺得根本不可能做對。我撞見過露露上網亂逛，默默盯著挨餓兒童和海嘯將人吞沒的照片。我看過她看著一面動態廣告看板，螢幕上播放七個幾乎全裸的女人圍著一身晚禮服的男人跳舞。

莎拉很堅強，但晚上有時候還是會掉眼淚。**她只有我們兩個，但只有我們兩個不夠。**

然而，星期四傍晚當露露在公寓前門迎接我，跳上跳下，抓住我的手把我拉向後門，那一刻感覺就像我們做對了一件事。

上天保佑史提夫．史坦霍。因為水泥地縫隙裡冒出了半公分長、一閃一閃的白色小玩意兒。我還沒蹲下來看著仔細，露露就撲進我懷裡，這個動作從她學會走路之後就沒再出現過。就是這樣：一天一天過去，你抱你的孩子的次數就越來越少，直到有一天你幾乎再也不碰他們。

莎拉不肯出門看那株長大的植物，甚至不看我們開心到發亮的臉。

「它一定很棒，」她說。

我走進廚房去拿一杯冷水。心煩的時候我喜歡喝冷水，澆熄體內的熱火。我伸手去轉水龍頭時，莎拉從另一個房間喊：「被污染了！」

「什麼？」我厲聲問。

「一個小時前才宣布的。」

我往她的方向發著牢騷，好像都是她的錯。

「只有四十八小時。冰箱裡有一加侖瓶裝水。我們也可以再煮多一點水。」

「但家裡已經夠熱了，」我說。

露露和莎拉在另一個房間靜悄悄。

「謝謝，」我說，為自己覺得難為情，然後打開冰箱。

不過，那天晚上後來很開心。我們吃紅糖甜胡椒大頭菜當甜點。吃完晚餐，我跟露露出去看那株正在長大的小東西，它還在那裡，黑暗中的一小抹光。史坦霍家的發電機在牆壁另一邊轟轟作響。我聽得到雙胞胎在水池裡潑水的聲音，水聲從小洞裡滲透進來，但露露似乎沒注意到。她從沒去過泳池，所以也許對那個聲音根本沒感覺。我們進屋裡煮了一些水，東摸西摸，念紙本書，露露含著微笑睡著。

接著我們打開海浪製造機，公寓變得格外安靜。莎拉拿出情趣玩具，脫下上班服，皮膚仍然還是皮膚，你知道？

凌晨兩點，莎拉說「睡不著」。

樓上鄰居逼得她快發瘋，他們播了一整晚的暴力動作片。

我站起來走進浴室買了一個營火應用程式。回到床上之後，一團火在我的手機螢幕上搖曳，蟋蟀和木頭嗶剝燃燒的聲音加入海浪製造機的聲音，跟樓上的音效較勁。我把手機放在她的枕頭旁邊，把音量撥到最大聲。這音效太神奇。我幾乎可以聞到燃燒木頭的煙味。

「關掉！」莎拉說。

「這個有用！」

「沒用，」她說。

我用力聽，還是聽得到樓上電影轟轟響的聲音，或許在營火聲底下聽到那個聲音甚至更糟糕。但我還是沒關掉應用程式。

「求求你，」她說，「真的，糟透了。你不覺得嗎？」

「我覺得很好，」我說。

「聽了讓人沮喪，」她說，從我身邊滾開。

我按掉手機，本想提議出去走走，來個夜間散步，但又作罷。我們都睡不著時有時會出去散步，利用Google地圖到希臘小島或祕魯村落散步，手牽著手，其中一個人滑手機。

莎拉又滾回我身邊，一臉抱歉。

「你知道我討厭什麼嗎？」她問。「在螢幕保護程式放一張又一張的自然美景照。」

街上的警笛開始長聲呼嘯。我們躺在床上聽。

「記得露露兩歲時把你的項鍊全戴在身上，光溜溜站在鏡子前面跳舞？」我問。

莎拉一驚，全身僵硬，停止腦袋裡的胡思亂想。

「她經歷過不少開心的事，」我說。

我們的頭靠得很近，我感覺得到她在點頭。

「有件事我從沒告訴過你，」莎拉說。

我緊張起來。

「有時候你拿回收出去，我從窗戶聽到你更換容器裡的金屬桶，」她說，「聽起來就像在打鼓，為一首沒有人唱過的超酷搖滾樂開場。」

星期五下班回家時，露露的植物已經有四分之一吋高，從水泥地裡冒出來的亮晶晶、一角硬幣大小、呈球狀的一團東西。她蹲下來在上面滴幾滴煮過的水。污染警報延長到週末。

「我相信污染的水對它也沒影響，」莎拉說。她在廚房裡滴汗，現在爐子上隨時都在煮水。

但露露很堅持。

「你喜歡我的透明植物嗎？」露露問，抬頭看我。

我很快從她背後再瞄一眼。那東西在暮色中發亮。好樣的，史提夫．史坦霍。獻給城市小孩的花束。為污染世代施展的魔法。謝謝你，先生。

我從沒看過露露這麼開心。開心就是答謝父母的方式。只要開心就夠了。

整個晚上我跟露露就像兩面鏡子，來回反射著對方的興奮喜悅。我念《植物誌》給她聽時，她摸著我的手臂。我們一起上網搜尋仙人掌。

「你們兩個，」莎拉說。

露露上床睡覺之後，我又回去看那株沐浴在橘色月光下的透明植物。但半途中我被史坦霍家的草坪傳來的叫喊聲嚇到。我不該跑向那個小洞的，但我還是跑了過去。

洞補起來了。謝天謝地。誰想那看個該死的草坪。

呃，就是我。

我把耳朵貼在以前那個洞的所在處。遠遠傳來史提夫．史坦霍一個人大吼大叫的聲音，應該是在講手機。「Beta？Beta！」

「什麼事讓你心煩？」莎拉從後面的屋裡對我說。

「你應該去看看後面的那個小東西，」我說，「挺酷的。」

每個星期六早上，莎拉和露露還沒起床我就會拿回收出去（我不知道三個人怎麼樣製造這麼多垃圾）。就在那裡，在濕氣濃重的白天光線下，我看見了那株透明植物的真面目。

手中的回收桶掉到地上，我跪在地上。

五六顆小石頭，先在膠水裡滾一滾，再換金蔥粉，亂七八糟地疊在一起，更多膠水滲出來，更多金蔥粉。雜貨店賣的那種老式膠水。從管子裡倒出來的金蔥粉。

我真傻。

我走回去，甩上門，跟史坦霍家的發電機的磨人噪音對抗。

莎拉拿著一杯即溶咖啡坐在桌前。自從進口稅翻了一倍之後，我們就改喝即溶咖啡。看到她我深受感動。

「謝謝你這麼做，」我難為情地說。「雖然沒有完全說服我，但謝謝你。」

「嗄？」她茫然地問。她正在看她手機上的新聞。對她來說，這樣已經再好不過。寧靜的星期六早上，熱咖啡，手機螢幕。

「那棵『植物』是你做的。為了露露做的。」

「聯合國提議在北極建造國際垃圾掩埋場，」她念，「這樣是好是壞？」

我打開露露房間的輕薄小門，踏進她的房間，關掉海浪製造機。她仰躺著，手抬到頭上，就跟她嬰兒時期的睡姿一樣。她的呼吸聲對我說跟潺潺溪流聲一樣美妙。

拉開她床底下的抽屜之前，我已經猜到會在後面的隱密角落找到什麼：膠水、金蔥粉。

露露剛出生的時候我們叫她小鼩鼠，雖然其實我們都不知道鼩鼠是什麼樣的動物。會這樣叫她純粹是因為她看起來就像一隻小巧神祕的哺乳動物。我記得當她吸飽奶，我把她從莎拉胸前抱起來的時候，她會豎起小小的眉毛。我抱著她，不敢壓到她的手臂，總是害怕扯到她的肩膀，害她脫臼，而她會抬起兩條眉毛，半像對什麼不滿的女王，半像窩在巢穴裡睡得正熟突然被驚醒的小動物。我沒有她那種表情的照片，那個瞬間一閃即逝，很難捕捉得到。但那張臉，兩道眉毛豎起來，傲慢又迷惘，那就是我生命中的臉。

有好多次我從辦公室打電話問莎拉，「她還在呼吸嗎？」

我沒去碰膠水或金蔥粉。露露已經醒了，我感覺得到。我感覺到她在裝睡。我關上抽屜走出房間（這種暈眩的感覺是怎麼回事？），等露露準備好了走出房間。我想，生命無論如何都會找到出路，存活下來，甚至繁衍茁壯。

致謝

這本短篇小說集歷經十年才成書。這段期間，我何其幸運得到許多人和機構的支持和照顧。很榮幸在此一一致謝：

從容平靜、為我指路的經紀人Faye Bender。

編輯Sarah Bowlin和Henry Holt出版社的其他成員，與他們合作十分愉快，尤其是Leslie Brandon、Kerry Cullen、Lucy Kim、Jason Liebman及Maggie Richards。

協助我修改草稿的諸位編輯，尤其是Halimah Marcus、Benjamin Samuel及Rob Spillman。

初次刊載書中各篇小說的期刊雜誌，有些文章略有更改。〈知之為不知〉刊於《電子文學季刊》；〈飯局最後的痛苦掙扎和狼狽喜悅〉刊於國際公共廣播公司的《短篇小說選》；〈生命照護中心〉刊於《愛荷華評論》；〈合體人〉刊於《密西西比評論》；〈血肉之軀〉及〈孩子〉刊於《錫屋文學雜誌》；〈海嘯來襲時〉刊於《品奇》雜誌（*The Pinch*）；〈我們之中有一個人會幸福快樂，只是不知道是哪一個〉刊於《童話評論》（*Fairy Tale Review*），〈情人限定〉刊於《DIAGRAM電子雜誌》；〈R〉及〈我如何過了心驚膽跳的六個月之後又開始來潮〉刊於《破繭》文學雜誌（*Unstuck*）；〈最糟糕的事〉刊於《ArtFaccia》；〈養蜂人〉刊於《峽》文學雜誌（*Isthmus*）；〈婚禮的階梯〉刊於《切片》雜誌（*Slice*）。

感謝羅娜傑菲基金會、Whiting基金會、Ucross基金會，以及曼哈頓的交響樂演藝廳（Symphony Space）。

感謝Leapfrog出版社的Lisa Graziano出版我的第一本書，感謝Delacorte出版社的Krista Marino出版我的第二本書。

我在布魯克林學院英語系今昔的老師和同事：Julie Agoos、L. A. Asekoff、Elaine Brooks、Erin Courtney、Michael Cunningham、James Davis、Joshua Henkin、Janet Moser及Elissa Schappell。無限感激Jenny Offill、Ellen Tremper及Mac Wellman。

我在布魯克林學院藝術碩士學程的前同學，尤其是Jeanie Gosline、Andy Hunter、Reese Kwon、Scott Lindenbaum、Elissa Matsueda、Joseph Rogers及Margaret

Zamos-Monteith。

Imitative Fallacies見解犀利的諸位今昔會員，包括Adam Brown、David Ellis、Tom Grattan、Anne Ray及Mohan Sikka。特別感謝Marie-Helene Bertino、Elizabeth Logan Harris、Elliott Holt及Amelia Kahaney。

以他們的好學和聰慧點亮我的課堂和生命的學生。

我的摯友Sarah Baron、Sarah Brown、Adam Farbiarz、Aysu Farbiarz、David Gorin、Lucas Hanft、Avni Jariwala、Jeremy Kahan、Debra Morris、Jonas Oransky、Laura Perciasepe、Genevieve Randa、Kendyl Salcito、Maisie Tivnan及Tess Wheelwright，另外要感謝Andy Vernon-Jones的照片。

我的美好家庭：我的父母、祖父母、公婆、兄弟姊妹、兩個可愛的小姪子，還有Peter Light、Raven Philips及Nate Thompson幾位親戚。我姊Alice Light是我夢寐以求的良師益友，無論在文學或人生之路上都是。

我的孩子Ruth和Neal是我「心口上的小爆炸」。有你們就樂趣無窮。

給亞當：這十三年來謝謝你。你知道這本書為什麼是獻給你的。

臉譜小說選

荒謬生活的可能解答

Some Possible Solutions

作　　者	海倫・菲利浦斯 Helen Philips
譯　　者	謝佩妏
書封設計	高偉哲
總 經 理	陳逸瑛
總 編 輯	劉麗真
業　　務	林佩瑜
行銷企畫	陳彩玉、朱紹瑄
特約編輯	林欣璇
發 行 人	凃玉雲
出　　版	臉譜出版
發　　行	英屬蓋曼群島商家庭傳媒股份有限公司城邦分公司 台北市民生東路二段141號2樓 讀者服務專線：02-25007718；02-25007719 服務時間：週一至週五9:30～12:00；13:30～17:30 24小時傳真服務：02-25001990；02-25001991 讀者服務信箱E-mail：service@readingclub.com.tw 劃撥帳號：19863813　書虫股份有限公司 英屬蓋曼群島商家庭傳媒股份有限公司城邦分公司 城邦網址：http://www.cite.com.tw 臉譜推理星空網址：http://www.faces.com.tw
香港發行	城邦（香港）出版集團 香港灣仔軒尼詩道235號3樓 電話：852-25086231／傳真：852-25789337 email：hkcite@biznetvigator.com
馬新發行	城邦（馬新）出版集團 Cite(M) Sdn. Bhd. (458372U) 41, Jalan Radin Anum, Bandar Baru Sri Petaling, 57000 Kuala Lumpur, Malaysia. 電話：603-90578822／傳真：603-90576622 email：cite@cite.com.my
初版一刷	2018年1月 版權所有，翻印必究（Printed in Taiwan）
I S B N	978-986-235-637-1 定價280元 （本書如有缺頁、破損、倒裝，請寄回本社更換）

城邦讀書花園
www.cite.com.tw

國家圖書館出版品預行編目資料

荒謬生活的可能解答／海倫・菲利浦斯（Helen Philips）著；謝佩妏譯. -- 初版. -- 臺北市：臉譜出版：家庭傳媒城邦分公司發行, 2018.01
面；　公分. --（臉譜小說選）
譯自：Some Possible Solutions
ISBN 978-986-235-637-1（平裝）
874.57　　106023970